선생님과 함께 읽는 운수 좋은 날

물음표로 찾아가는 한국단편소설 01

운수 좋은 날

선생님과 함께 읽는

전국국어교사모임 지음 · 민은정 그림

Humanist

'물음표로 찾아가는 한국단편소설' 시리즈를 펴내며

문학 교육은 아이들이 꿈을 꾸게 하기 위해 필요합니다. 그러나 요즘의 문학 교육은 참고서와 문제집을 통해서만 이루어지고 있습니다. 그래서 문학 수업은 엉뚱한 상상도 발랄한 질문도 없는 밍밍하고 지루한 시간이 되어 버렸습니다. 상상의 여지가 사라지고 질문이 없는 수업은 아이들을 질리게 하고 문학을 말라 죽게 합니다. 그렇다면 어떻게 해야 문학 교육을 살릴 수 있을까요?

무엇보다 학생들이 스스로 생각을 열어 질문을 만들 수 있게 해야 합니다. 매우 상식적인 일이지만, 우리 교육 환경에서는 잘 이루어지기가 어렵습니다. 그래서 전국국어교사모임은 학생들이 스스로 생각을 열고 엉뚱한 상상과 발랄한 질문을 할 수 있는 마중물을 붓기로 했습니다. 이는 말라 버린 문학뿐 아니라 아이들의 메마른 마음에도 물을 붓는 일이 될 것입니다.

교과서에 실린 의미 있는 작품을 골랐습니다 중·고등학교 국어 교과서나 문학 교과서에 실린 단편소설 가운데 오랫동안 많은 사람들에게 널리 읽힌 작품을 골랐습니다. 교과서에 실렸다는 것은 중·고등학생들에게 유용한 작품이라는 것이고, 오래 널리 읽혔다는 것은 재미나 감동, 그리고 생각거리 면에서 어느 하나는 사람들의 마음에 들었음을 뜻하기 때문입니다.

전국의 학생들에게 물었습니다 전국에 있는 수많은 학생에게 소설을 읽혀 보고, 그들이 궁금해 하는 것을 모았습니다. 그리고 나서 의미 있는 질문거리들을 일정한 방식으로 배열했습니다.
현직 국어 선생님들이 물음에 답했습니다 전국의 국어 선생님 100여 분이 다양한 책과 논문을 살펴본 다음 질문에 대한 답을 했습니다. 이런 과정을 통해 보다 보편적인 작품의 의미에 접근하고자 했습니다.
교육 과정과의 연관성을 고려했습니다 수업 현장에서 또는 학생 스스로 이용할 수 있도록 했습니다. '깊이 읽기'에서는 인물, 사건, 배경, 주제 등 작품과 직접 관련되는 내용을 다루었으며, '넓게 읽기'에서는 작가, 시대상, 독자 이야기 등을 살펴볼 수 있도록 했습니다.

'물음표로 찾아가는 한국단편소설' 시리즈는 다양하고 깊이 있는 생각을 이끌어 낼 수 있는 소설 감상의 안내서 구실을 할 것입니다. 또한 작품에 대한 해석과 이해의 차원을 넘어서 문화적·사회적·역사적 정보를 폭넓고 다양하게 제시함으로써 문학 감상 능력을 향상시켜 줄 뿐만 아니라, 문학과 가까워질 수 있는 기회를 제공해 줄 것입니다.

전국국어교사모임

머리말

이 책을 통해 소설 〈운수 좋은 날〉을 처음 접하는 사람은 거의 없을 것입니다. 〈운수 좋은 날〉은 1920년대를 대표하는 소설로, 중학교 국어 교과서뿐 아니라 고등학교 문학 교과서에도 실려 있습니다.

'비밀'이 없는 책을 읽는 것은 지루합니다. 한 번 읽은 책을 또 읽는 것은 쉬운 일이 아니죠. 다시 읽지 않고는 견딜 수 없을 만큼 그 책이 재미있어서라면 또 모르겠습니다. 그저 중요한 책이라서, 선생님이 읽으라고 하니까, 입시에 도움이 되니까 이 책을 펴 들었다면 책장을 넘기는 손이 흥분으로 떨리는 일은 없을 것입니다. 뭐 어차피 다 아는 이야기니까요.

하지만 다시 한 번 생각해 보세요. 여러분은 정말 〈운수 좋은 날〉이라는 소설을 알고 있습니까? 80여 년 전의 서울이 어떤 모습이었을지, 김 첨지가 술을 마시던 선술집 안은 어떤 풍경이었을지 상상할 수 있나요? 김 첨지가 끌던 인력거는 대체 어떤 모습이었으며, 당시의 전차는 지금의 지하철과 얼마나 다른 걸까요? 1920년대라면 나라를 일본에 빼앗겨 다들 힘들게 살아가던 때인데, 굽이 높은 구두를 신고 망토까지 두른 여학생을 흔히 볼 수 있었을까요?

〈운수 좋은 날〉을 잘 알고 있다는 생각을 잠시 접어 두면 좋겠습니다. 그리고 이 소설을 아주 꼼꼼히 읽어 보세요. 읽다가 궁금한 게 있거든 그냥 지나치지 마세요. '이건 뭘까?', '이 사람은 왜 이랬을까?' 곰

곰이 생각해 보세요.

그러면 〈운수 좋은 날〉이 아직도 여전히 비밀을 품고 있다는 것을 알게 될 겁니다. 가볍게 지나쳐 버린 낱말에 1920년대의 화려함과 비참함이 담겨 있고, 함부로 뱉어 낸 듯한 김 첨지의 욕설에 그의 슬픔과 사랑이 숨어 있음을 발견하게 될 것입니다.

이 책을 통해 여러분이 더 많은 질문을 품게 되었으면 좋겠습니다. 아무도 발견하지 못한 비밀들을 더 캐냈으면 좋겠습니다. 그래서 이 소설이 여러분의 마음속에 더욱 풍성한 의미로 기억되기를 바랍니다.

박선미, 정윤혜, 최윤영, 홍진숙

차례

'물음표로 찾아가는 한국단편소설' 시리즈를 펴내며　4
머리말　6

작품 읽기 〈운수 좋은 날〉_현진건　11

깊게 읽기 묻고 답하며 읽는 〈운수 좋은 날〉

1_ 1920년대 서울을 보다
인력거가 무엇인가요?　39
기생과 여학생의 모습이 비슷했나요?　43
선술집은 어떤 곳인가요?　47
당시 1원은 지금으로 치면 얼마인가요?　50
개똥이가 이름인가요?　53
김 첨지는 왜 그토록 가난했나요?　56

2_ 김 첨지의 마음을 읽다
왜 '원수엣 돈', '육시를 할 돈'일까요?　63
김 첨지 얼굴에는 어떤 감정들이 담겨 있나요?　66
김 첨지가 아내를 사랑 하긴 한 것인가요?　69

김 첨지의 아내는 어떤 사람인가요? 73
하루 동안 김 첨지의 마음은 어떻게 바뀌었나요? 76

3_ 작품 속에 숨은 뜻을 찾다
김 첨지가 하는 욕은 무슨 뜻인가요? 81
방 안에서 나는 '냄새'와 '소리'는 어떤 구실을 하나요? 84
왜 제목이 '운수 좋은 날'인가요? 88
하루 종일 내리는 비에는 어떤 의미가 숨어 있나요? 92
서술자의 태도는 어떠한가요? 94

넓게 읽기 작품 밖 세상 들여다보기

작가 이야기 – 현진건의 생애와 작품 연보, 가상 인터뷰   102
시대 이야기 – 1920~1924년   108
엮어 읽기 – 인력거꾼의 삶을 다룬 소설   110
다시 읽기 – 김 첨지네 가족이 오늘날을 살아간다면?   115
독자 이야기 – 꼭짓점 독후감   122

참고 문헌   127

작품 읽기

운수 좋은 날

현진건

새침하게 흐린 품이 눈이 올 듯하더니, 눈은 아니 오고 얼다가 만 비가 추적추적 내리는 날이었다.

이날이야말로 동소문 안에서 인력거꾼 노릇을 하는 김 첨지에게는 오래간만에도 닥친 운수 좋은 날이었다. 문 안에(거기도 문 밖은 아니지만) 들어간답시는 앞집 마나님을 전찻길까지 모셔다 드린 것을 비롯으로, 행여나 손님이 있을까 하고 정류장에서 어정어정하며 내리는 사람 하나하나에게 거의 비는 듯한 눈결을 보내고 있다가, 마침내 교원인 듯한 양복쟁이를 동광학교까지 태워다 주기로 되었다.

첫 번에 삼십 전, 둘째 번에 오십 전 — 아침 댓바람에 그리 흉치 않은 일이었다. 그야말로 재수가 옴 붙어서 근 열흘 동안 돈 구경도 못한 김 첨지는 십 전짜리 백동화 서 푼 또는 다섯 푼이 찰각 하고 손바닥에 떨어질 제 거의 눈물을 흘릴 만큼 기뻤었다. 더구나 이날 이때에 이 팔십 전이란 돈이 그에게 얼마나 유용한지 몰랐다. 컬컬한 목에 모주 한 잔도 적실 수 있거니와, 그보다도 앓는 아내에게 설렁탕 한 그릇도 사다 줄 수 있음이다.

 그의 아내가 기침으로 쿨룩거리기는 벌써 달포가 넘었다. 조밥도 굶기를 먹다시피 하는 형편이니, 물론 약 한 첩 써 본 일이 없다. 구태여 쓰려면 못 쓸 바도 아니지만, 그는 병이란 놈에게 약을 주어 보내면 재미를 붙여서 자꾸 온다는 자기의 신조(信條)에 어디까지 충실하였다. 따라서 의사에게 보인 적이 없으니 무슨 병인지는 알 수 없으나, 반듯이 누워 가지고 일어나기는새로에 모로도 못 눕는 걸 보면 중증은 중증인 듯. 병이 이토록 심해지기는 열흘 전에 조밥을 먹고 체한 때문이다. 그때도 김 첨지가 오래간만에 돈을 얻어서 좁쌀 한 되와 십 전짜리 나무 한 단을 사다 주었더니, 김 첨지의 말에 의하면, 그 오라질 년이 천방지축으로 냄비에 대고 끓였다. 마음은 급하고 불길은 달지 않아, 채 익지도 않은 것을 그 오라질 년이 숟가락은 고만두고 손으로 움켜서 두 뺨에 주먹덩이 같은 혹이 불거지도록 누가 빼앗을 듯이 처박질하더니만 그날 저녁부터 가슴이 땅긴다, 배가 켕긴다고 눈을 홉뜨고 지랄병을 하였다. 그때 김 첨지는 열화와 같이 성을 내며,

 "에이, 오라질 년, 조랑복은 할 수가 없어. 못 먹어 병, 먹어서 병! 어쩌란 말이야. 왜 눈을 바로 뜨지 못해!"

하고 김 첨지는 앓는 이의 뺨을 한 번 후려갈겼다. 홉뜬 눈은 조금 바루어졌건만 이슬이 맺히었다. 김 첨지의 눈시울도 뜨끈뜨끈한 듯하였다.

 이 환자가 그러고도 먹는 데는 물리지 않았다. 사흘 전부터 설렁탕 국물이 마시고 싶다고 남편을 졸랐다.

"이런 오라질 년! 조밥도 못 먹는 년이 설렁탕은……. 또 처먹고 지랄병을 하게."
라고 야단을 쳐 보았건만, 못 사 주는 마음이 시원치는 않았다.

　인제 설렁탕을 사 줄 수도 있다. 앓는 어미 곁에서 배고파 보채는 개똥이(세 살먹이)에게 죽을 사 줄 수도 있다. — 팔십 전을 손에 쥔 김 첨지의 마음은 푼푼하였다.

　그러나 그의 행운은 그걸로 그치지 않았다. 땀과 빗물이 섞여 흐르는 목덜미를 기름 주머니가 다 된 왜목 수건으로 닦으며, 그 학교 문을 돌아 나올 때였다. 뒤에서 "인력거!" 하고 부르는 소리가 난다. 자기를 불러 멈춘 사람이 그 학교 학생인 줄 김 첨지는 한 번 보고 짐작할 수 있었다. 그 학생은 다짜고짜로,

"남대문 정거장까지 얼마요?"
라고 물었다. 아마도 그 학교 기숙사에 있는 이로 동기 방학을 이용하여 귀향하려 함이리라. 오늘 가기로 작정은 하였건만, 비는 오고 짐은 있고 해서 어쩌할 줄 모르다가 마침 김 첨지를 보고 뛰어나왔음이리라. 그렇지 않으면 왜 구두를 채 신지도 못해서 질질 끌고, 비록 고쿠라 양복일망정 노박이로 비를 맞으며 김 첨지를 뒤쫓아 나왔으랴.

"남대문 정거장까지 말씀입니까?"
하고 김 첨지는 잠깐 주저하였다. 그는 이 우중에 우장도 없이 그 먼 곳을 철벅거리고 가기가 싫었음일까? 처음 것, 둘째 것으로 고만 만족하였음일까? 아니다, 결코 아니다. 이상하게도 꼬리를 맞물고 덤비는 이 행운 앞에 조금 겁이 났음이다. 그리고 집을 나올 제 아

내의 부탁이 마음에 켕기었다.

 앞집 마나님한테서 부르러 왔을 제, 병인은 그 뼈만 남은 얼굴에 유일의 생물 같은 유달리 크고 움푹한 눈에 애걸하는 빛을 띠우며,
"오늘은 나가지 말아요. 제발 덕분에 집에 붙어 있어요. 내가 이렇게 아픈데……."
라고 모기 소리같이 중얼거리고 숨을 걸그렁걸그렁하였다. 그때에 김 첨지는 대수롭지 않은 듯이,

"아따, 젠장맞을 년, 별 빌어먹을 소리를 다 하네. 맞붙들고 앉았으면 누가 먹여 살릴 줄 알아?"

하고 훌쩍 뛰어나오려니까, 환자는 붙잡을 듯이 팔을 내저으며,

"나가지 말래도 그래. 그러면 일찍이 들어와요."

하고 목멘 소리가 뒤를 따랐다.

정거장까지 가잔 말을 들은 순간에 경련적으로 떠는 손, 유달리 큼직한 눈, 울 듯한 아내의 얼굴이 김 첨지의 눈앞에 어른어른하였다.

"그래 남대문 정거장까지 얼마란 말이요?"

하고 학생은 초조한 듯이 인력거꾼의 얼굴을 바라보며 혼잣말같이,

"인천 차가 열한 점에 있고, 그다음에는 새로 두 점이던가?"

라고 중얼거린다.

"일 원 오십 전만 줍시오."

이 말이 저도 모를 사이에 불쑥 김 첨지의 입에서 떨어졌다. 제 입으로 부르고도 스스로 그 엄청난 돈 액수에 놀랐다. 한꺼번에 이런 금액을 불러라도 본 지가 그 얼마 만인가! 그러자 그 돈 벌 욕기가 병자에 대한 염려를 사르고 말았다. 설마 오늘 내로 어떠랴 싶었다. 무슨 일이 있더라도 제일 제이의 행운을 곱친 것보다도 오히려 갑절이 많은 이 행운을 놓칠 수 없다 하였다.

"일 원 오십 전은 너무 과한데."

이런 말을 하며 학생은 고개를 갸웃하였다.

"아니올시다. 리수로 치면 여기서 거기가 시오 리가 넘는답니다. 또 이런 진날은 좀 더 주셔야지요."

하고 빙글빙글 웃는 차부의 얼굴에는 숨길 수 없는 기쁨이 넘쳐흘렀다.

"그러면 달라는 대로 줄 터이니 빨리 가요."

관대한 어린 손님은 이런 말을 남기고 총총히 옷도 입고 짐도 챙기러 제 갈 데로 갔다.

그 학생을 태우고 나선 김 첨지의 다리는 이상하게 거뿐하였다. 달음질을 한다기보다 거의 나는 듯하였다. 바퀴도 어찌나 속히 도는지 구른다기보다 마치 얼음을 지쳐 나가는 스케이트 모양으

로 미끄러져 가는 듯하였다. 언 땅에 비가 내려 미끄럽기도 하였지만…….

이윽고 끄는 이의 다리는 무거워졌다. 자기 집 가까이 다다른 까닭이다. 새삼스러운 염려가 그의 가슴을 눌렀다.

"오늘은 나가지 말아요. 내가 이렇게 아픈데!"

이런 말이 잉잉 그의 귀에 울렸다. 그리고 병자의 움쑥 들어간 눈이 원망하는 듯이 자기를 노리는 듯하였다. 그러자 엉엉 하고 우는 개똥이의 곡성을 들은 듯싶다. 딸국딸국 하고 숨 모으는 소리도 나는 듯싶다.

"왜 이러우, 기차 놓치겠구먼."

하고 탄 이의 초조한 부르짖음이 간신히 그의 귀에 들어왔다. 언뜻 깨달으니 김 첨지는 인력거 채를 쥔 채 길 한복판에 엉거주춤 멈춰 있지 않은가.

"예, 예."

하고 김 첨지는 또다시 달음질하였다. 집이 차차 멀어 갈수록 김 첨지의 걸음에는 다시금 신이 나기 시작하였다. 다리를 재게 놀려야만 쉴 새 없이 자기의 머리에 떠오르는 모든 근심과 걱정을 잊을 듯이…….

정거장까지 끌어다 주고 그 깜짝 놀란 일 원 오십 전을 정말 제 손에 쥠에, 제 말마따나 십 리나 되는 길을 비를 맞아 가며 질퍽거리고 온 생각은 아니 하고 거저나 얻은 듯이 고마웠다. 졸부나 된 듯이 기뻤다. 제 자식뻘밖에 안 되는 어린 손님에게 몇 번 허리를 굽히며,

"안녕히 다녀옵시요."

라고 깍듯이 재우쳤다.

그러나 빈 인력거를 털털거리며 이 우중에 돌아갈 일이 꿈밖이었다. 노동으로 하여 흐른 땀이 식어지자, 굶주린 창자에서 물 흐르는 옷에서 어슬어슬 한기가 솟아나기 비롯하매, 일 원 오십 전이란 돈이 얼마나 괴치 않고 괴로운 것인 줄 절절히 느끼었다. 정거장을 떠나가는 그의 발길은 힘 하나 없었다. 온몸이 옹송그려지며 당장 그 자리에 엎어져 못 일어날 것 같았다.

"젠장맞을 것, 이 비를 맞으며 빈 인력거를 털털거리고 돌아를 간담……. 이런 빌어먹을, 제 할미와 붙을 비가 왜 남의 상판을 딱딱 때려!"

그는 몹시 화증을 내며 누구에게 반항이나 하는 듯이 게걸거렸다. 그럴 즈음에 그의 머리엔 또 새로운 광명이 비쳤나니, 그것은 '이러구 갈 게 아니라 이 근처를 빙빙 돌며 차 오기를 기다리면 또 손님을 태우게 되는지도 몰라.'란 생각이었다. 오늘은 운수가 괴상하게도 좋으니까 그런 요행이 또 한 번 없으리라고 누가 보증하랴. 꼬리를 굴리는 행운이 꼭 자기를 기다리고 있다고 내기를 해도 좋을 만한 믿음을 얻게 되었다. 그렇다고 정거장 인력거꾼의 등쌀이 무서우니 정거장 앞에 섰을 수는 없었다. 그래 그는 이전에도 여러 번 해본 일이라 바로 정거장 앞 전차 정류장에서 조금 떨어지게 사람 다니는 길과 전찻길 틈에 인력거를 세워 놓고, 자기는 그 근처를 빙빙 돌며 형세를 관망하기로 하였다.

얼마 만에 기차는 왔다. 수십 명이나 되는 손이 정류장으로 쏟아져 나왔다. 그중에서 손님을 물색하는 김 첨지의 눈엔 양머리에 뒤축 높은 구두를 신고 망토까지 두른 기생 퇴물인 듯, 난봉 여학생인 듯한 여편네의 모양이 떴었다. 그는 슬근슬근 그 여자의 곁으로 다가들었다.

"아씨, 인력거 아니 타시랍시요?"

그 여학생인지 뭔지가 한참은 매우 태깔을 빼며 입술을 꼭 다문 채 김 첨지를 거들떠보지도 않았다. 김 첨지는 구걸하는 거지나 무엇같이 연해연방 그의 기색을 살피며,

"아씨, 정거장 애들보다 아주 싸게 모셔다 드리겠습니다. 댁이 어디신가요?"

하고 추근추근하게도 그 여자의 들고 있는 일본식 버들고리짝에 제 손을 대었다.

"왜 이래, 남 귀찮게."

소리를 벽력같이 지르고는 홱 돌아선다. 김 첨지는 어랍시요 하고 물러섰다.

전차는 왔다. 김 첨지는 원망스럽게 전차 타는 이를 노리고 있었다. 그러나 그의 예감은 틀리지 않았다. 전차가 빡빡하게 사람을 싣고 움직이기 시작하였을 제, 타고 남은 손 하나가 있었다. 굉장하게 큰 가방을 들고 있는 걸 보면 아마 붐비는 차 안에 짐이 크다 하여 차장에게 밀려 내려온 눈치였다. 김 첨지는 대어 섰다.

"인력거를 타시랍시요."

한동안 값으로 승강을 하다가 육십 전에 인사동까지 태워다 주기로 하였다.

인력거가 무거워지매 그의 몸은 이상하게도 가벼워졌다. 그리고 또 인력거가 가벼워지니 몸은 다시금 무거워졌건만, 이번에는 마음조차 초조해 온다. 집엣 광경이 자꾸 눈앞에 어른거리어 이제 요행을 바랄 여유도 없었다. 나무 등걸이나 무엇 같고 제 것 같지도 않은 다리를 연해 꾸짖으며 질팡갈팡 뛰는 수밖에 없었다. '저놈의 인력거꾼이 저렇게 술이 취해 가지고 이 진 땅에 어찌 가노.'라고 길 가는 사람이 걱정을 하리만큼 그의 걸음은 황급하였다. 흐리고 비 오는 하늘은 어둠침침하게 벌써 황혼에 가까운 듯하다.

창경원 앞까지 다다라서야 그는 턱에 닿은 숨을 돌리고 걸음도 늦추잡았다. 한 걸음 두 걸음 집이 가까워 갈수록 그의 마음조차 괴상하게 누그러졌다. 그런데 이 누그러움은 안심에서 오는 게 아니요, 자기를 덮친 무서운 불행을 빈틈없이 알게 될 때가 박두한 것을 두리는 마음에서 오는 것이다. 그는 불행이 다닥치기 전 시간을 얼마쯤이라도 늘리려고 버르적거렸다. 기적에 가까운 벌이를 하였다는 기쁨을, 할 수 있으면 오래 지니고 싶었다. 그는 두리번두리번 사면을 살피었다. 그 모양은 마치 자기 집 — 곧 불행을 향하고 달아나는 제 다리를 제 힘으로는 도저히 어찌할 수 없으니 누구든지 나를 좀 잡아 다고, 구해 다고 하는 듯하였다.

그럴 즈음에 마침 길가 선술집에서 그의 친구 치삼이가 나온다. 그의 우글우글 살찐 얼굴에 주홍이 돈은 듯 온 턱과 뺨에 시커멓게 구레나룻이 덮여 있어서, 노르탱탱한 얼굴이 바짝 말라서 여기 저기 고랑이 패고 수염도 있대야 턱 밑에만 마치 솔잎송이를 거꾸로 붙여 놓은 듯한 김 첨지의 풍채하고는 기이한 대상을 짓고 있었다.

"여보게 김 첨지, 자네 문안 들어갔다 오는 모양일세그려. 돈 많이 벌었을 테니 한 잔 빨리게."

뚱뚱보는 말라깽이를 보던 맡에 부르짖었다. 그 목소리는 몸집과 딴판으로 연하고 싹싹하였다. 김 첨지는 이 친구를 만난 게 어찌나 반가운지 몰랐다. 자기를 살려 준 은인이나 무엇같이 고맙기도 하였다.

"자네는 벌써 한잔한 모양일세그려. 자네도 오늘 재미가 좋았나 보이."

하고 김 첨지는 얼굴을 펴서 웃었다.

"아따, 재미 안 좋다고 술 못 먹을 낸가. 그런데 여보게, 자네 온몸이 어째 물독에 빠진 새앙쥐 같은가. 어서 이리 들어와 말리게."

선술집은 훈훈하고 뜨뜻하였다. 추어탕을 끓이는 솥뚜껑을 열 적마다 뭉게뭉게 떠오르는 흰 김, 석쇠에서 뻐지짓뻐지짓 구워지는 너비아니 구이며, 제육이며, 간이며, 콩팥이며, 북어며, 빈대떡…… 이 너저분하게 늘어놓인 안주 탁자. 김 첨지는 갑자기 속이 쓰려서 견딜 수 없었다. 마음대로 할 양이면 거기 있는 모든 먹음먹이를 모조리 깡그리 집어삼켜도 시원치 않았다. 하되 배고픈 이는 우선 분량 많은 빈대떡 두 개를 쪼이기로 하고 추어탕을 한 그릇 청하였다. 주린 창자는 음식 맛을 보더니 더욱더욱 비어지며 자꾸자꾸 들이라 들이라 하였다. 순식간에 두부와 미꾸리 든 국 한 그릇을 그냥 물같이 들이켜고 말았다. 셋째 그릇을 받아 들었을 제 데우던 막걸리 곱빼기 두 잔이 더웠다. 치삼이와 같이 마시자, 원원이 비었던 속이라 찌르를 하고 창자에 퍼지며 얼굴이 화끈하였다. 눌러 곱빼기 한 잔을 또 마셨다.

김 첨지의 눈은 벌써 개개풀리기 시작하였다. 석쇠에 얹힌 떡 두 개를 쭝덕쭝덕 썰어서 볼을 불룩거리며 또 곱빼기 두 잔을 부어라 하였다.

치삼은 의아한 듯이 김 첨지를 보며,

"여보게 또 붓다니, 벌써 우리가 넉 잔씩 먹었네. 돈이 사십 전일세."

라고 주의시켰다.

"아따 이놈아, 사십 전이 그리 끔찍하냐? 오늘 내가 돈을 막 벌었어. 참 오늘 운수가 좋았느니."

"그래 얼마를 벌었단 말인가?"

"삼십 원을 벌었어, 삼십 원을! 이런 젠장맞을, 술을 왜 안 부어…… 괜찮다 괜찮아, 막 먹어도 상관이 없어. 오늘 돈 산더미같이 벌었는데."

"어, 이 사람 취했군. 그만두세."

"이놈아, 그걸 먹고 취할 내냐. 어서 더 먹어."

하고는 치삼의 귀를 잡아채며 취한 이는 부르짖었다. 그리고 술을 붓는 열대여섯 살 됨 직한 중대가리에게로 달려들며,

"이놈, 오라질 놈, 왜 술을 붓지 않어."

라고 야단을 쳤다. 중대가리는 희희 웃고 치삼을 보며 문의하는 듯이 눈짓을 하였다. 주정꾼이 이 눈치를 알아보자 화를 버럭 내며,

"에미를 붙을 이 오라질 놈들 같으니, 이놈 내가 돈이 없을 줄 알고."

하자마자 허리춤을 훔칫훔칫 하더니 일 원짜리 한 장을 꺼내어 중대가리 앞에 펄쩍 집어 던졌다. 그 사품에 몇 푼 은전이 잘그랑 하며 떨어진다.

"여보게, 돈 떨어졌네. 왜 돈을 막 끼얹나."

이런 말을 하며 치삼은 일변 돈을 줍는다. 김 첨지는 취한 중에도 돈의 거처를 살피려는 듯이 눈을 크게 떠서 땅을 내려다보다가 불시에 제 하는 짓이 너무 더럽다는 듯이 고개를 소스라치자 더욱 성을 내며,
"봐라 봐! 이 더러운 놈들아! 내가 돈이 없나. 다리뼉다구를 꺾어 놓을 놈들 같으니."
하고 치삼이 주워 주는 돈을 받아,
"이 원수엣 돈! 이 육시를 할 돈!"
하면서 풀매질을 친다. 벽에 맞아 떨어진 돈은 다시 술 끓이는 양푼에 떨어지며 정당한 매를 맞는다는 듯이 쨍 하고 울었다.
 곱빼기 두 잔은 또 부어질 겨를도 없이 말려 가고 말았다. 김 첨지는 입술과 수염에 붙은 술을 빨아들이고 나서 매우 만족한 듯이

그 솔잎송이 수염을 쓰다듬으며,

"또 부어, 또 부어."

라고 외쳤다.

또 한 잔 먹고 나서 김 첨지는 치삼의 어깨를 치며 문득 깔깔 웃는다. 그 웃음소리가 어찌나 컸던지 술집에 있는 이의 눈은 모두 김 첨지에게로 몰리었다. 웃는 이는 더욱 웃으며,

"여보게 치삼이, 내 우스운 이야기 하나 할까. 오늘 손을 태우고 정거장에 가지 않았겠나."

"그래서?"

"갔다가 그저 오기가 안됐데그려. 그래 전차 정류장에서 어름어름하며 손님 하나를 태울 궁리를 하지 않았나. 거기 마침 마마님이신지 여학생님이신지 — 요새야 어디 논다니와 아가씨를 구별할 수가 있던가? — 망토를 잡수시고 비를 맞고 서 있겠지. 슬근슬근 가까이 가서, 인력거 타시랍시오 하고 손가방을 받으려니까 내 손을 탁 뿌리치고 홱 돌아서더니만 '왜 남을 이렇게 귀찮게 굴어!' 그 소리야말로 꾀꼬리 소리지, 허허!"

김 첨지는 교묘하게도 정말 꾀꼬리 같은 소리를 내었다. 모든 사람은 일시에 웃었다.

"빌어먹을 깍쟁이 같은 년, 누가 저를 어쩌나, '왜 남을 귀찮게 굴어!' 어이구 소리가 처신도 없지, 허허."

웃음소리들은 높아졌다. 그러나 그 웃음소리들이 사라도 지기 전에 김 첨지는 훌쩍훌쩍 울기 시작하였다.

치삼은 어이없이 주정뱅이를 바라보며,

"금방 웃고 지랄을 하더니 우는 건 또 무슨 일인가?"

김 첨지는 연해 코를 들이마시며,

"우리 마누라가 죽었다네."

"뭐, 마누라가 죽다니, 언제?"

"이놈아 언제는, 오늘이지."

"예끼 미친 놈, 거짓말 말아."

"거짓말은 왜, 참말로 죽었어, 참말로……. 마누라 시체를 집에 뻐들쳐 놓고 내가 술을 먹다니, 내가 죽일 놈이야, 죽일 놈이야."

하고 김 첨지는 엉엉 소리를 내어 운다.

치삼은 흥이 조금 깨어지는 얼굴로,

"원 이 사람이, 참말을 하나 거짓말을 하나. 그러면 집으로 가세, 가."

하고 우는 이의 팔을 잡아당기었다.

치삼의 잡는 손을 뿌리치더니, 김 첨지는 눈물이 글썽글썽한 눈으로 싱그레 웃는다.

"죽기는 누가 죽어."

하고 득의양양.

"죽기는 왜 죽어, 생때같이 살아만 있단다. 그 오라질 년이 밥을 죽이지. 인제 나한테 속았다, 인제 나한테 속았다."

하고 어린애 모양으로 손뼉을 치며 웃는다.

"이 사람이 정말 미쳤단 말인가. 나도 아주머네가 앓는단 말은 들었는데."

하고 치삼이도 어떤 불안을 느끼는 듯이 김 첨지에게 또 돌아가라고 권하였다.

"안 죽었어, 안 죽었대도 그래."

김 첨지는 화증을 내며 확신 있게 소리를 질렀으되, 그 소리엔 안 죽은 것을 믿으려고 애쓰는 가락이 있었다. 기어이 일 원어치를 채워서 곱빼기 한 잔씩 더 먹고 나왔다. 궂은비는 의연히 추적추적 내린다.

김 첨지는 취중에도 설렁탕을 사 가지고 집에 다다랐다. 집이라 해도 물론 셋집이요, 또 집 전체를 세든 게 아니라 안과 뚝 떨어진 행랑방 한 칸을 빌려 든 것인데, 물을 길어 대고 한 달에 일 원씩 내는 터이다. 만일 김 첨지가 주기를 띠지 않았던들 한 발을 대문에 들여놓았을 제 그곳을 지배하는 무시무시한 정적(靜寂) — 폭풍우가 지나간 뒤의 바다 같은 정적에 다리가 떨렸으리라. 쿨룩거리는 기침 소리도 들을 수 없다. 그르렁거리는 숨소리조차 들을 수 없다. 다만 이 무덤 같은 침묵을 깨뜨리는 — 깨뜨린다기보다 한층 더 침묵을 깊게 하고 불길하게 하는 빡빡 하는 그윽한 소리 — 어린애의 젖 빠는 소리가 날 뿐이다. 만일 청각이 예민한 이 같으면, 그 빡빡 소리는 빨 따름이요, 꿀떡꿀떡 하고 젖 넘어가는 소리가 없으니, 빈 젖을 빤다는 것도 짐작할는지 모르리라.

혹은 김 첨지도 이 불길한 침묵을 짐작했는지도 모른다. 그렇지 않으면 대문에 들어서자마자 전에 없이,

"이 난장맞을 년, 남편이 들어오는데 나와 보지도 않아, 이 오라질 년."

이라고 고함을 친 게 수상하다. 이 고함이야말로 제 몸을 엄습해 오는 무시무시한 증을 쫓아 버리려는 허장성세인 까닭이다.

하여간 김 첨지는 방문을 왈칵 열었다. 구역을 나게 하는 추기 — 떨어진 삿자리 밑에서 올라온 먼지내, 빨지 않은 지저귀에서 나는 똥내와 오줌내, 가지각색 때가 켜켜이 앉은 옷내, 병인의 땀 썩은 내가 섞인 추기가 무딘 김 첨지의 코를 찔렀다.

방 안에 들어서며 설렁탕을 한구석에 놓을 사이도 없이 주정꾼은 목청을 있는 대로 다 내어 호통을 쳤다.

"이런 오라질 년, 주야장천 누워만 있으면 제일이야. 남편이 와도 일어나지를 못해."

라는 소리와 함께 발길로 누운 이의 다리를 몹시 찼다. 그러나 발길에 차이는 건 사람의 살이 아니고 나뭇 등걸과 같은 느낌이 있었다. 이때에 빡빡 소리가 응아 소리로 변하였다. 개똥이가 물었던 젖을 빼어 놓고 운다. 운대도 온 얼굴을 찡그려 붙여서 운다는 표정을 할 뿐이다. 응아 소리도 입에서 나는 게 아니고 마치 배 속에서 나는 듯하였다. 울다가 울다가 목도 잠겼고, 또 울 기운조차 시진한 것 같다.

발로 차도 그 보람이 없는 걸 보자, 남편은 아내의 머리맡으로 달려들어 그야말로 까치집 같은 환자의 머리를 꺼들어 흔들며,

"이년아, 말을 해, 말을! 입이 붙었어, 이 오라질 년!"

"……"

"응으, 이것 봐, 아무 말이 없네."

"……"

"이년아, 죽었단 말이냐, 왜 말이 없어."

"……"

"응으, 또 대답이 없네. 정말 죽었나 보이."

이러다가 누운 이의 흰창이 검은창을 덮은, 위로 치뜬 눈을 알아보자마자,

"이 눈깔! 이 눈깔! 왜 나를 바로 보지 못하고 천장만 보느냐, 응."

하는 말끝엔 목이 메었다. 그러자 산 사람의 눈에서 떨어진 닭똥 같은 눈물이 죽은 이의 뻣뻣한 얼굴을 어룽어룽 적신다. 문득 김 첨지는 미친 듯이 제 얼굴을 죽은 이의 얼굴에 한데 비벼 대며 중얼거렸다.

"설렁탕을 사다 놓았는데 왜 먹지를 못하니, 왜 먹지를 못하니……. 괴상하게도 오늘은 운수가 좋더니만……."

＊《개벽》 1924년 6월 호에 발표된 것을 바탕으로 함.

어휘풀이

가락 느낌(소리로 전달되는 느낌).
갑절 어떤 수나 양을 두 번 합한 것. *곱절 : 어떤 수나 양을 여러 번 합한 것.
개개풀리다 술에 취해 정기가 없어지다.
게걸거리다 상스러운 말로 소리를 지르며 불평스럽게 자꾸 떠들다.
고쿠라 일본의 고쿠라 지방에서 나는 두꺼운 무명 옷감.
곱치다 어떤 수나 양을 여러 번 합하다.
꺼들다 당겨서 치켜들다.
난봉 헛되고 방탕한 짓거리를 일삼는 사람.
너비아니 얇게 저며 갖은 양념을 하여 구운 쇠고기.
노박이로 줄곧 계속해서.
논다니 웃음과 몸을 파는 여자를 속되게 이르는 말.
다닥치다 가까이 이르다.
달포 한 달 조금 넘는 동안.
대상 대조적인 모습.
대고 무리하게 자꾸, 계속하여 자꾸.
댓바람 아주 이른 시간.
동광학교 일제 강점기에 서울에 세워진 불교 계열 학교. 소설가 이상이 이 학교에 다녔다고 한다.
동소문 옛 서울의 여덟 성문 가운데 하나였던 '혜화문'을 가리키는 말.
두리다 두려워하다.
등걸 줄기를 잘라 낸 나무의 밑동.
리수 거리를 리(里) 단위로 나타낸 수. 1리는 약 393미터.
마나님 나이가 많은 남의 아내를 높여 이르는 말.
맡 그 길로 바로.
먹음먹이 먹음직한 것들.
모로 비스듬히 옆으로.
모주 맑은술을 뜨고 난 찌꺼기 술.
물색하다 찾아내려고 이리저리 살피다.
미꾸리 미꾸라지.
바루어지다 바르게 되다.
박두하다 가까이 닥쳐오다.
버들고리짝 고리버들(버드나무의 한 가지)의 가지로 엮어 만든 가방.
버르적거리다 (고통스러운 일이나 어려운 고비에서 벗어나려고) 팔다리를 내저으며 몸을 자꾸 움직이다.
병인 병 때문에 앓아누워 있는 사람.
백동화 흰색 동전.
사르다 남김없이 없애 버리다.
사품에 바로 그 순간에.
삿자리 갈대를 엮어서 만든, 앉거나 누울 수 있도록 바닥에 까는 물건.
상판 '얼굴'을 낮추어 부르는 말.
새로 12시를 넘긴 시각 앞에 쓰여 시각이 시작됨을 이르는 말.

새침하다 날씨가 푸근하지 못하고 조금 쌀쌀하다.
생때같다 몸이 튼튼하여 아무 병이 없다.
승강 서로 자기가 옳다며 옥신각신하는 일(=승강이, 실랑이).
시진하다 기운이 다 빠져 없어지다.
어룽어룽 눈물이 그득하여 넘칠 듯하게.
연해연방 끊임없이 잇따라 자꾸.
옹송그려지다 움츠러들다.
왜목 무명실로 폭이 넓게 짠 베(=광목).
우장 비를 막기 위해 차려 입는 복장.
욕기 욕심이 생기는 마음.
원원이 본디부터.
의연히 전과 다름이 없이.
일변 한편으로.
일어나기는새로에 일어나기는커녕. '새로에'는 '그만두고' 또는 '커녕'이라는 뜻.
잠수시다 입다. *잠숫다 : 궁중에서, 옷을 입음을 이르던 말.
재다 동작이 재빠르다.
재우치다 어떤 행동을 빨리 하게 하다.
점 시간을 표시할 때 사용하던 말. '괘종시계가 종을 치는 횟수'를 일컫는다.
조랑복 복을 받아도 오래 누리지 못하는 짧은 동안의 복.
조밥 좁쌀로 짓거나 쌀에 좁쌀을 섞어서 지은 밥.
주야장천 밤낮으로 쉬지 않고 연달아.
쪼이다 새가 부리로 먹이를 쪼아 먹는 모습에 견주어, 젓가락으로 음식을 집어먹는 것을 이르는 말.
쭝덕쭝덕 연한 물건을 조금 큼직하게 빨리 써는 모양(=숭덩숭덩).
차부 마차나 달구지 따위를 부리는 사람.
처박질하다 마구 입으로 집어넣다.
처신없다 말이나 행동이 가벼워 위엄이나 믿음이 없다(=채신없다).
첨지 나이 많은 남자를 낮잡아 이르던 말.
총총히 몹시 빠르게.
추근추근하다 끈덕지고 질기다.
추기 송장이 썩어 그 물에서 나는 역한 냄새.
태깔 교만한 태도.
퇴물 어떤 직업에서 물러난 사람을 낮추어 부르는 말.
푼 조선 시대에 쓰이던 화폐 단위. 1930년대에는 동전 하나를 세는 말로 쓰였다.
푼푼하다 모자람이 없이 넉넉하다.
풀매질 '팔매질'의 방언. 조그만 돌 따위를 멀리 내던지는 일.
품 그런 모양이나 상태.
허장성세 실속 없이 내뱉는 큰소리.
홉뜨다 눈알이 위로 가게 뜨다.
화증 걸핏하면 화를 벌컥 내는 증세. 여기서는 '화'와 같은 뜻.

깊게 읽기

묻고 답하며 읽는 〈운수 좋은 날〉

배경

인물·사건

작품

주제

1_ 1920년대 서울을 보다
인력거가 무엇인가요?
기생과 여학생의 모습이 비슷했나요?
선술집은 어떤 곳인가요?
당시 1원은 지금으로 치면 얼마인가요?
개똥이가 이름인가요?
김 첨지는 왜 그토록 가난했나요?

2_ 김 첨지의 마음을 읽다
왜 '원수엣 돈, 육시를 할 돈'일까요?
김 첨지 얼굴에는 어떤 감정들이 담겨 있나요?
김 첨지가 아내를 사랑하긴 한 것인가요?
김 첨지의 아내는 어떤 사람인가요?
하루 동안 김 첨지의 마음은 어떻게 바뀌었나요?

3_ 작품 속에 숨은 뜻을 찾다
김 첨지가 하는 욕은 무슨 뜻인가요?
방 안에서 나는 '냄새와 소리'는 어떤 구실을 하나요?
왜 제목이 '운수 좋은 날'인가요?
하루 종일 내리는 비에는 어떤 의미가 숨어 있나요?
서술자의 태도는 어떠한가요?

1

1920년대 서울을 보다

인력거가 무엇인가요?

이날이야말로 동소문 안에서 인력거꾼 노릇을 하는 김 첨지에게는 오래간만에도 닥친 운수 좋은 날이었다.

'인력거(人力車)'는 '사람이 끄는 수레'라는 뜻이에요. 지금은 우리나라에서 인력거를 찾아볼 수 없지만, 한때는 중요한 교통수단이었답니다. 요즘에도 중국이나 일본의 관광지, 인도를 비롯한 아시아 몇몇 도시에 가면 인력거를 타 볼 수 있어요.

인력거는 이용하는 사람의 입장에서 보면 가까운 거리를 편안하게 이동할 수 있는 재미있고 값싼 교통수단일 것입니다. 하지만 그것을 끄는 사람에게는 비포장도로나 오르막길, 무거운 짐, 더위나 추위 같은 것들 때문에 여간 힘든 일이 아니었겠죠?

사람을 태우고 다니는 게 어디 쉬운가.

우리나라에 인력거가 처음 들어온 때는 1882년이에요. 일본을 둘러보고 돌아온 박영효가 보급하여, 벼슬아치들이 출퇴근할 때

깊게 읽기 39

2006년 12월 4일 인도의 웨스트뱅갈 주의회는 인력거를 '비인간적인 교통수단'으로 규정하고, 이를 금지하는 법안을 통과시켰대요. 하지만 아직도 그곳에서는 생계를 위해 인력거를 끌 수밖에 없는 사람들이 비인간적으로 살아가고 있답니다.

교자(가마) 대신 사용하도록 권장했다고 해요. 그러나 박영효가 일본으로 망명한 뒤부터는 인력거를 사용하지 않았답니다.

그러다가 청일 전쟁 이후 일본인들이 영락정(명동에 있는 영락교회 언저리)에 점포를 차리고 열 대의 인력거로 영업을 시작하면서 빠르게 보급되어, 벼슬아치는 물론 일반인도 이용하게 되었지요.

1910년대에 들어와 인력거는 교자를 완전히 밀어내고, 경성에서만 1만여 대가 영업을 했어요. 요즘의 회사 택시와 비슷하게, 회사 소유인 인력거를 일정한 돈을 내고 인력거꾼이 빌려서 운행했지요.

소설에서, 김 첨지가 정거장 인력거꾼의 등쌀이 무서워 남대문 정거장과 조금 떨어진 곳에 인력거를 세워 두고 손님을 기다리는 장면이 나옵니다. 이런 것을 보면, 큰 인력거 회사 소속의 인력거꾼들이 손님을 많이 태울 수 있는 곳을 차지하고 텃세를 부리기도 한 모양이에요.

전차의 등장과 인력거의 쇠퇴

1899년부터 운행되기 시작한 전차는 1930년대에 네 개의 노선을 갖추게 되었어요. 요금은 한 구간에 5전 정도로, 김 첨지가 손님들에게서 받은 30전, 50전, 1원 50전보다 훨씬 쌌지요.

처음에는 전차가 아홉 대뿐이었고 크기도 작았어요. 또 차표를 발행하지 않았기 때문에 타려는 사람이 있으면 차장이 아무 데나 전차를 세우기도 했지요. 그래서 종로에서 동대문까지 가는 데 한 시간이 넘게 걸리기도 했답니다. 또 한 번 탄 사람들이 내리지 않고 계속 타고 있어서 늘 붐볐다고 해요. 하지만 차츰 정거장이 주요 지점에 세워지고 전차의 이용이 편리해지면서, 1920년대 초에는 전차 이용객이 놀랄 만큼 늘어났어요. 전차 크기도 승객 100명 이상을 태울 수 있을 만큼 커졌답니다.

전차를 이용하는 것이 싸고 빠르고 편리했기 때문에 인력거를 이용하려는 사람들이 점점 줄어들었어요. 안 그래도 '비인간적인 교통수단'인 인력거를 끄느라 몹시 힘들었을 김 첨지는 전차 때문에 결국 열흘을 굶는 지경에 이른 것이라 할 수 있지요.

1900년대 서울의 전차

기생과 여학생의 모습이 비슷했나요?

손님을 물색하는 김 첨지의 눈엔 양머리에 뒤축 높은 구두를 신고 망토까지 두른 기생 퇴물인 듯, 난봉 여학생인 듯한 여편네의 모양이 띄었다. 그는 슬근슬근 그 여자의 곁으로 다가들었다.

1886년에 근대적 여성 교육 기관인 '이화학당'이 세워지고 나서, '여학생'이라는 존재가 사람들의 관심을 끌게 되었어요. 그리고 1920년대 들어 여학생 수가 늘어나면서 여학생들만의 독특한 복장이 생겨나기도 했지요.

댕기머리가 줄어들고 트레머리가 유행했으며, 정강이까지 올라오는 짧은 통치마가 공식화되었고, 발에는 서양 버선(양말)에 굽 높은 구두를 신었어요. 그리고 장옷 대신 양산을 펴서 얼굴을 가리고, 꽃무늬 책보나 손가방을 들었답니다.

트레머리는 일본말로 '히사시가미'라 하여 크게 유행했는데, 앞머리는 풍성하게 쑥 내민 모양으로 빗고 뒷머리는 틀어 올린 것으로, 여학생을 상징하는 새로운 스타일이었어요. 앞머리를 쑥 내밀게 빗는 대신 비스듬히 가르마를 타고 뒷머리를 틀어 올린 트레머리도 유행했어요. 틀어 올린 뒷머리에는 흔히 리본 장식을 붙였는데, 이런 머리를

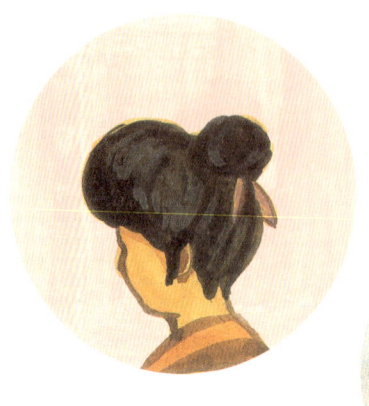

여러 가지 트레머리

'양(洋)머리'라 불렀답니다.

1930년대 들어 서양식 교복이 정해지기 전까지 이러한 차림은 여학생의 전형적인 모습이었어요. 1920년대 초반에 여자고등보통학교 학생 수가 1000명 미만이었다고 하니, 거리에 여학생 차림을 하고 다니는 여성들이 모두 여학생은 아니었을 거예요. 당시 유행을 앞서 나갔던 사람들로 기생을 빼놓을 수 없는데, 그래서 옷차림만으로는 기생과 여학생을 구별하기 힘들었다고 해요.

당시 신문에서는 여학생 혹은 여학생 차림을 하고 다니는 여성들을 싸잡아, 아무런 의식 없이 사치품에만 관심을 갖는 존재라며 비난하기도 했어요. 아마 오늘날 '된장녀'를 바라보는 시각과 비슷했을 것 같네요.

당시 여성들이 옷을 사고 치장을 하는 데 들이는 돈은 어마어마했다고 해요. 치마 한 감에 삼사십 원, 양말 한 켤레에 삼사 원, 분 값만 해도 사오 원, 머리 손질하는 데에도 일이 원이 들었다네요.

김 첨지가 만났던 '양머리에 뒤축 높은 구두를 신고 망토까지 두른 기생 퇴물인 듯, 난봉 여학생인 듯한 여편네'라 함은, 하는 일도 없이 사치나 일삼는 존재로 여겨지던 당시의 여학생이나 신여성을 비뚜름하게 일컫는 말이라 할 수 있어요.

월세 일 원짜리 집에서 살던 김 첨지 눈에 화려하게 꾸민 여학생의 모습이 어떻게 보였을지 생각해 보면, 비뚜름한 김 첨지의 태도를 이해할 수 있을 거예요.

신여성에 대한 시각

가상소견(街上所見) ……
모던걸의 장신운동(藏身運動) _안생

원시인들은 다른 동물의 보호색 모양으로 호신상 필요에 의하여 몸뚱이에 여러 가지 모형을 그리고 온 몸을 장식하였으나, 현대에 이르러서는 오직 성적 충동을 위한 장식일 것이다. 그 어떤 것 하나하나가 그 색채에 있어서나 형상으로 있어서나 도발적이 아닌 게 어디 있던가? 그런데 그것이 아닌 이 그림과 같이 여학생 기타 소위 신여성들의 장신운동이 요사이 격렬하여졌나니, 항용 전차 안에서만 볼 수 있는 것이다. 황금 팔뚝시계와 보석 반지, 현대 여성은 이 두 가지를 구비치 못하면 무엇보담도 수치인 것이다. 그리하여 제일 시위운동에 적당한 곳은 전차 안이니, 이 그림 모양으로 큰 선전이 된다. 현대 부모, 남편, 애인, 신사, 제군, 그대들에게 보석 반지, 금 팔뚝시계 하나를 살 돈이 없으면 그대들은 딸, 아내, 스윗하트(애인)를 둘 자격이 없고, 그리고 악수할 자격이 없노라. 현대 여성이여! '이집트' 무덤에서 파낸 모든 보물은 옛날 이집트 민족의 생활 유물이었음에, 그대들에게 감사하는 바로다.

—《조선일보》, 1928. 2. 5.

- 가상소견 : '거리에 보이는 것'이라는 뜻.
- 장신운동 : 몸을 꾸미는 유행 세태.
- 안생 : 글쓴이 '안석주'를 이르는 말.

선술집은 어떤 곳인가요?

선술집은 훈훈하고 뜨뜻하였다.
추어탕을 끓이는 솥뚜껑을 열 적마다 뭉게뭉게 떠오르는 흰 김,
석쇠에서 뻐지짓뻐지짓 구워지는 너비아니 구이며, 제육이며, 간이며,
콩팥이며, 북어며, 빈대떡…….

'선술집'은 술 한 잔에 안주 하나씩을 함께 팔던 술집을 말해요. 요즘 어묵이나 떡볶이 같은 것을 길가에 서서 사 먹듯이, 서서 술을 마시게 되어 있었기 때문에 '선술집'이라고 했답니다.

선술집에서는 보통 큰 나무 판에 마른안주와 진안주를 늘어놓고, 주인이 가운데 앉아서 옆에 숯불을 피워 진안주를 굽거나 끓이기도 하고 술 주전자를 데우기도 했어요.

손님이 술을 청하면서 안주를 고르면 주인이 국자로 술을 떠 주거나 안주를 데워 주었다고 해요. 요즘엔 대부분의 술을 차게 먹는데, 그때는 따뜻하게 먹었나 봅니다. 그리고 보통 술값에 안주 값을 포함해 팔았어요.

그런데 소설 속에서 김 첨지는 서서 음식을 먹지는 않아요. '선술집'이라고 했는데 왜 그런 걸까요?

원래는 선술집이 서서 먹는 술집을 뜻했지만, 나중에는 작고 허름한 술집을 '선술집'이라고 불렀던 듯해요. 이런 선술집은 주로 종로 부근에 많이 있었답니다.

경성의 두 얼굴

일제 강점기에 경성은 남촌과 북촌 두 곳의 생활권으로 나뉘어 있었어요. 본정통(충무로), 명치정(명동) 등 청계천 남쪽을 '남촌', 조선인 상가가 많았던 종로통을 중심으로 청계천 북쪽을 '북촌'이라고 불렀어요. 북촌에는 주로 조선 사람들의 상가가 밀집해 있었는데, 하수구가 제대로 갖추어지지 않아 지저분했을 뿐 아니라 길도 좋지 않았어요. 또 유흥 공간이라고 해 봐야 몇몇 유명한 요릿집을 빼면 대부분이 허름한 선술집이었지요.

남촌은 북촌과 매우 달랐어요. 1910년 당시 일본인들이 서울 인구의 14퍼센트를 차지했는데 대부분 남촌에서 살았지요. 이후 은행, 백화점 등 최신식 건물들이 들어서면서 남촌은 일본인들을 위한 특별한 공간이 되어 갔어요. 남촌에서도 특히 진고개 근처(충무로 1~3가)에는 일본인이 세운 백화점이 네 개나 있었고, 각종 유흥 시설도 밀집해 있었어요. 다음은 당시 풍속 잡지인 《별건곤》 9월호에 실린 진고개에 대한 내용이에요.

> 좌우로 즐비하게 늘어선 상점은 어느 곳을 물론하고 활기가 있고 풍성풍성하며 진열장에는 모두 값진 물건과 찬란한 물품이 사람들의 눈을 현혹하여 발길을 끌지 않는 것이 없다. …… 백화가 난만한 듯한 장식이며 서늘한 맛이 떠도는 갖은 장치가 천만 촉의 휘황한 전등불과 어울려 불야성을 이룬 것을 볼 때에는 실로 별천지에 들어선 느낌을 주는 것이다.

쇠락해 가는 북촌과 네온사인이 번쩍이던 남촌, 이런 경성의 두 얼굴을 알고 나면 김 첨지가 선술집에서 돈을 집어 던지던 심정을 이해할 수 있을 듯합니다.

당시 1원은
지금으로 치면 얼마인가요?

'운수 좋은 날'에 김 첨지는 얼마를 벌고, 얼마를 썼으며, 결국 얼마가 남았는지 한번 따져 볼까요?

얼마를 벌었나?

첫 번째 손님	동소문 안 → 전찻길	30전
두 번째 손님	전찻길 → 동광학교	50전
세 번째 손님	동광학교 → 남대문	1원 50전
네 번째 손님	남대문 → 인사동	60전
합계		2원 90전

얼마를 썼나?

막걸리 스무 잔	1원
빈대떡 두 개, 떡 두 개	가격 미상(30전쯤 추정)
추어탕 세 그릇	가격 미상(50전쯤 추정)
설렁탕	가격 미상(20전쯤 추정)
합계	2원

수입이 2원 90전이고 지출이 2원쯤이면, 남은 돈은 90전이네요.

〈운수 좋은 날〉은 1924년에 쓰였어요. 이 시기와 비교적 가까운 1930년대에 했던 조사에 따르면, 당시 쌀 한 되가 약 30전이었대요. 요즘에는 쌀을 되로 사고팔지 않지만, 그래도 계산을 해 본다면 쌀 한 되가 2000원 정도예요. 그러니 쌀을 기준으로 보면, 30전이 2000원이니까 1전은 70원쯤인 셈이죠.

그러나 이 계산은 정확하지 않아요. 왜냐하면 일제 강점기에는 쌀이 귀해서 쌀값이 매우 비쌌을 가능성이 높기 때문이에요. 그렇게 보면 1전은 70원보다 훨씬 더 높은 가치가 있었을 겁니다.

한편 치삼이의 말 가운데 "벌써 우리가 넉 잔씩 먹었네. 돈이 사십 전일세."를 보면 막걸리 여덟 잔이 40전이에요. 그러니까 한 잔에 5전이죠. 오늘날 막걸리 한 잔을 2000원으로 잡으면 당시 1전은 400원입니다. 이 계산은 쌀을 기준으로 한 것보다 더 합리적으로 보입니다.

빈대떡 두 개	20전	= 8,000원
추어탕 세 그릇	50전	= 20,000원
막걸리 스무 잔	1원	= 40,000원
떡 두 개	10전	= 4,000원
설렁탕	20전	= 8,000원
합계		80,000원

10전으로 나무 한 단을 샀다는 말이 나오는데, 그렇다면 당시 나무 한 단은 4000원쯤이겠죠. 그리고 김 첨지가 80전을 번 후 모주, 설렁탕, 죽을 다 살 수 있다고 생각하는 내용이 나오는데, 앞의 계산대로 한다면 80전은 3만 2000원 정도예요. 김 첨지가 행랑방 한 칸을 빌려 들어가 살면서 물을 길어 대고 한 달에 1원씩 내고 있다고 하였는데, 그 방값은 약 4만 원쯤 하겠네요.

그렇다면 음식 값을 통해서 볼 때, 김 첨지에게 남은 돈 90전은 약 3만 6000원쯤 된다고 볼 수 있을 거예요. 하지만 이 계산도 정확한 것은 아니에요. 당시는 오늘날과 달리 물가와 소득 수준이 낮았고, 경제 규모 또한 작았기 때문에 오늘날 돈의 가치와 직접 비교하기는 어렵답니다.

당시 데이트 비용

빵(네 개) - 20전
바나나(열 개) - 20전
얼음사탕(한 줌) - 5전
돗자리 세 - 10전
전찻삯 - 10전
창경궁 입장권 - 20전
사이다 한 병 - 20전
양식 - 25전

개똥이가 이름인가요?

앓는 어미 곁에서 배고파 보채는 개똥이(세 살먹이)에게 죽을 사 줄 수도 있다.

예로부터 아이가 태어나면 대문에 고추, 숯, 솔잎 등을 새끼줄에 단 금줄을 치는 풍습이 있었는데, 이는 잡귀를 쫓아 아이의 건강을 지키기 위한 것이었어요. 요즘과는 달리 옛날에는 어린아이들이 병으로 많이 죽었기 때문에 이를 막으려 한 것이죠.

이런 생각은 아이가 태어나서 처음 받는 이름인 '아명'에도 잘 나타나요. 민간에서는 흔히 '돼지, 강아지, 개똥이, 쇠똥이, 돌이, 바위, 멍텅구리, 바보, 딸막이' 같은 아명을 지어 불렀어요. 자식을 너무 귀하게 여기면 잡귀의 시샘을 받을까 봐 일부러 천한 이름을 붙여 준 것이죠. 그리고 귀한 집안에서도 아이에게 '개똥이', '두꺼비', '바우' 같은 이름을 지어 주어 잡귀의 관심으로부터 벗어나고자 했어요.

김 첨지가 아이 이름을 '개똥이'라고 지은 것도 마찬가지 이유일 거예요. 그러나 무척 가난하여 죽조차 먹지 못하고, 일찍 어머니마저 잃은 개똥이를 잡귀가 본다면 시샘은커녕 오히려 불쌍하게 여기지 않았을까요?

　아이가 허약하거나 잘 죽는 집에서는 그 아이에게 '바위(바우)'라는 아명을 지어 주고 산이나 바위에 양자로 보내기도 했대요. 바위를 아버지로 여기고 명절에 찾아가 인사를 드리기도 했답니다. 이는 아이가 바위처럼 강하고 오래 살기를 바라는 부모의 마음 때문이었을 거예요.

　유명한 황희 정승의 아명은 '도야지'였고, 고종 황제의 아명은 '개똥이'였다고 해요. 자식이 무병장수하기를 바라는 마음은 일반 백성이나 왕이나 다를 바 없었던 것이겠죠. 어른들이 간혹 예쁜 어린아이를 보고 "고놈 참 밉게도 생겼다, 밉상이다."라고 말하는 까닭 역시 무한한 애정에서 나온 것임을 알 수 있겠죠?

조선 시대의 이름

조선 시대 양반들은 아명 외에도 '관명', '자', '호', '시호' 같은 여러 가지 이름을 썼답니다.

'관명(冠名)'은 관례(성인식)를 치른 다음부터 부르는 이름으로, 오늘날의 본명과 같아요. 그러나 본명을 그대로 사용하는 경우는 거의 없었대요. 왜냐하면 윗사람의 본명을 입에 담는 것을 예의에 어긋난다고 생각했기 때문이죠. 따라서 성인이 되면 관명 외에 '자(字)'를 갖게 되는데, 자는 본인이 짓기도 하지만 보통 윗사람이 지어 주었어요.

문인, 관료, 예술가 등 유명한 사람들은 '호(號)'를 가졌는데, 이를 높여 부르는 말이 '아호(雅號)'예요. '시호(謚號)'는 죽은 뒤에 임금이 생전의 행적을 칭송하면서 내려 주는 이름을 말해요.

이율곡은 그의 어머니인 신사임당이 꿈에 용을 보았다 하여 아명을 '현룡(見龍 : 용을 보다)'이라고 했어요. 관명은 '이이(李珥)'였고, 자는 '숙헌(叔獻)'이었으며, 아호는 '율곡(栗谷)'이었죠. 그리고 임금이 내려 준 시호는 '문성(文成)'이었답니다.

평민들은 평생 아명을 썼으며, 그들 가운데 일부는 아명을 바꾸어 관명으로 사용하는 경우도 있었어요. '개똥이'라는 아명을 '개동'이나 '계동'으로 고쳐 관명으로 사용했다는 말이에요.

여성들의 아명은 '간난이, 큰애기, 아지' 등이 많았는데, 시집을 가면 대개 본가에서 부르던 아명이나 관명으로 부르지 않고, 자기가 살았던 고향 이름을 따서 '부산댁, 순천댁, 청주댁, 수원댁' 같은 '택호(宅號)'로 불렀어요. 오늘날은 결혼을 해도 본명을 사용하지만, 여전히 택호도 사용돼요. 어머니의 역할이 강조될 때에는 아이 이름을 넣어 '○○ 엄마', '○○ 어머니'라고 부르기도 하죠.

김 첨지는 왜 그토록 가난했나요?

김 첨지의 삶을 이해하기 위해서는 당시 우리나라를 지배하고 있었던 일본의 몇 가지 정책에 대해 알아야 해요.

농사지을 땅을 빼앗겼어요

일본은 1910년부터 1918년까지 대규모 '토지 조사 사업'을 벌였어요. 우리나라의 모든 토지 소유권과 가격, 지형을 조사하는 것이 목적이었죠. 하지만 이 사업은 우리나라 사람들에게 결과적으로 나쁜 영향을 미쳤어요. 토지를 조사하는 과정에서 토지의 소유권을 신고하지 않거나 신고에 필요한 서류를 다 갖추지 못한 농민들은 토지를 모두 조선 총독부에 빼앗기게 되었으니까요. 이 때문에 당시 국토 면적의 약 62퍼센트에 해당하는 땅이 조선총독부나 일본인의 소유가 되었다고 해요.

결국 땅을 빼앗기고 다른 사람의 땅을 빌려 농사를 짓는 소작농이 크게 늘어나고, 자신의 땅에서 직접 농사를 짓는 자작농의 수는 줄어들었어요. 또 이전엔 0.5퍼센트가량이었던 소작료가 20~30퍼센트로 늘

어나서 소작농의 처지 또한 매우 나빠졌답니다.

하지만 일부 지주들은 소작농에게서 이전보다 많이 거두어들인 쌀을 일본으로 수출하여 많은 돈을 모았어요. 그리고 그 돈으로 다시 땅을 사거나 소작농들에게 비싼 이자를 받고 돈을 빌려 주어 더 많은 돈을 벌 수 있게 되었답니다.

쌀이라고요? 좁쌀도 부족했어요

일본은 농지 개량과 농사 개선으로 농업 생산량을 늘리려 했어요. '농지 개량'은 관개 시설의 개선, 개간이나 간척에 의해 농사지을 땅을 늘리는 것이었어요. 그리고 '농사 개선'은 품종 개량, 퇴비 장려, 적기 번식, 제초 운동 등을 통해 단위 면적에서의 수확량을 늘리자는 것이었죠. 이런 산미 증산 계획의 결과, 실제로 곡식의 국내 생산량은 꾸준히 늘어났어요.

그런데 당시 1인당 쌀 소비량은 오히려 줄어들었답니다. 이상하지 않나요? 쌀을 더 많이 생산하게 되었는데, 왜 쌀을 덜 먹었을까요? 그 까닭은 우리나라에서 생산된 쌀을 거의 대부분 일본에 수출했기 때문이에요. 일본의 국내 쌀 사정에 따라 우리의 수출량이 정해졌고, 일본에 수출하고 남는 것만이 국내에서 소비되었죠. 결국 우리 국민들이 열심히 벼농사를 지어 일본 국민들을 먹여 살리고, 남은 것만 겨우 먹었다는 얘기입니다.

농업 생산량을 늘리기 시작한 후 13년간 쌀은 360만 석이 더 생산되었는데, 같은 기간 수출량은 685만 석이나 늘어났어요. 그 결과 일본인은 1인당 쌀 소비량이 1년에 한 섬 두 말인 데 대하여, 한국인은

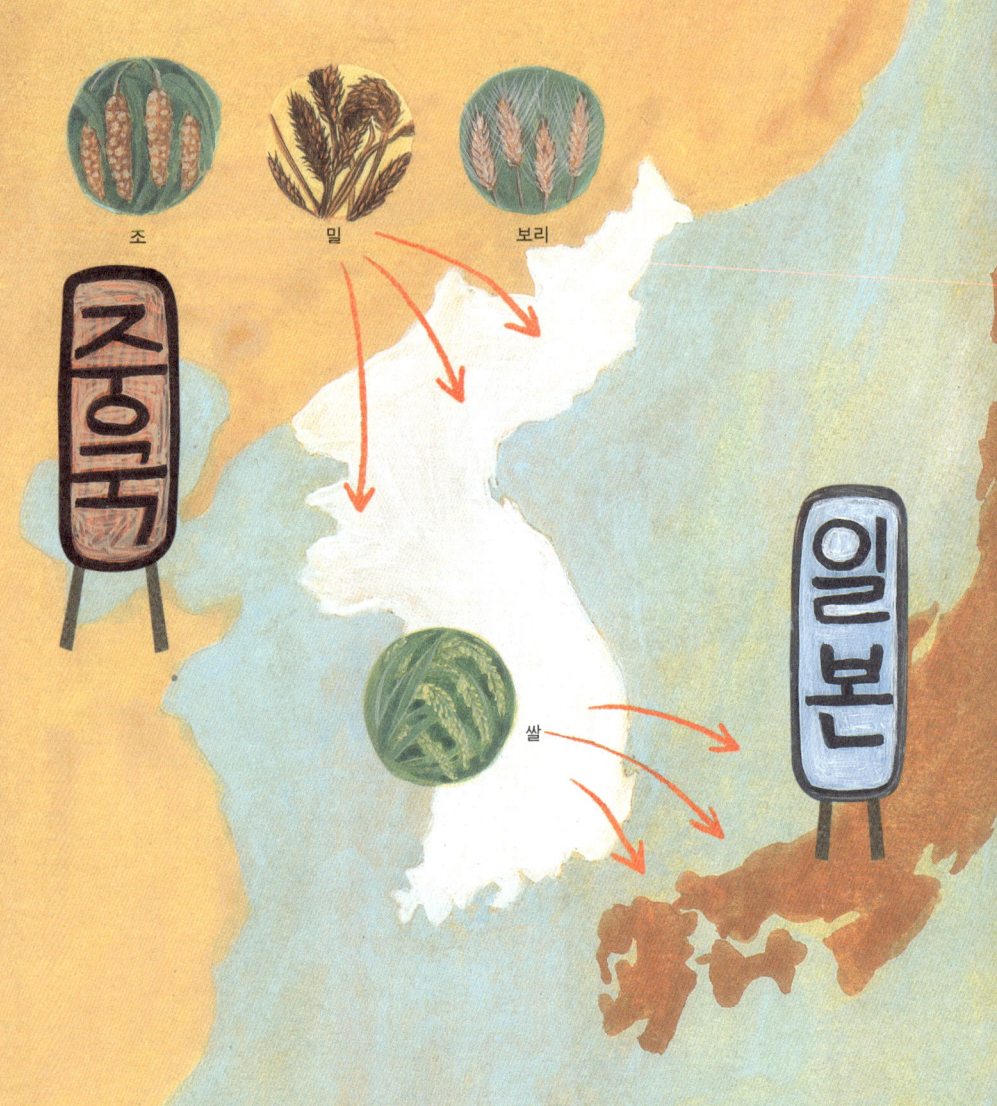

다섯 말 정도로 그들의 반도 못 되는 양을 먹었어요.
어떤 해에는 농사가 굉장히 잘되어 큰 풍년이 들었는데, 오히려 더 많은 쌀을 수출해 버려 먹을 것이 모자랐던 적도 있었대요. 그래서

'풍년기근'이라는 말이 생겨나기도 했답니다.

우리나라 사람들이 굶주리는 것을 면하게 하기 위해서는 만주에서 밀, 보리, 조 등의 잡곡을 대체 식량으로 수입할 수밖에 없었어요. 그런데도 먹을 것은 항상 부족했대요. 1912년에는 1만 5000석밖에 수입되지 않던 만주의 조가 1930년에는 그 100배가 넘는 172만 석이나 수입되었다고 해요.

김 첨지의 아내가 왜 아프기 시작했는지 기억나죠? 아마 김 첨지의 아내가 급하게 먹다가 체한 좁쌀이 만주에서 수입해 온 바로 그 좁쌀 아닐까요?

도시로 쫓겨 올 수밖에 없었어요

우리나라가 일제의 식민지가 될 무렵, 전체 인구의 80퍼센트 이상이 농민이었어요. 그런데 농촌에서 아무리 열심히 농사를 지어도 굶어 죽을 지경에 이르자, 많은 사람들이 농촌을 떠났어요. 그런 사람들은 산속으로 들어가 화전민이 되거나 도시 지역으로 흘러 들어가 일용 노동자가 되었죠.

농촌을 떠나 도망치다시피 도시로 온 사람들 가운데 제대로 된 집을 구할 수 없었던 사람들은 토막을 지어 살 곳을 마련했어요. '토막'이란 '소유자가 있는 땅을 차지하여 땅을 파서 그 단면을 벽으로 삼거나 혹은 땅 위에 기둥을 세우고 거적 등을 둘러 벽으로 삼고 헌 양철이나 판자로 간단한 지붕을 만든 원시적인 주택'을 말해요. 한마디로 무허가 움막이죠. 움막에 살더라도 도심지와 조금이라도 더 가까운 곳에서 살아야 그날그날 일을 구하기가 쉬웠어요. 토막민들은 대부분 일용직 노동자이거나 짐꾼, 인력거꾼 등 힘든 일을 하며 어렵게 살아갔어요.

 토막민촌이 본격적으로 형성되고 사회적 관심의 대상으로 떠오른 것은 1920년대 초부터예요. 지금의 신당동, 청계천 근처, 동부이촌동, 서부이촌동, 용산, 서대문, 종로, 충무로 등에 토막민촌이 형성되어 있었고, 그 수는 계속 증가했어요. 그러다 1935년에는 서울의 토막민 수가 약 1만 7320명(서울 총인구수 63만 7697명) 정도가 되어, 서울 전체 인구의 약 2~3퍼센트에 이르렀어요. 이후로도 토막민촌은 점점 더 확대되었어요.

 이는 단순히 이농민이 증가했기 때문이라기보다 일부 지주나 자산계층을 제외하고는 모든 사람들이 자꾸만 더 가난해졌기 때문이라고 생각할 수 있답니다.

김 첨지가 왜 경성에서 인력거를 끌며 살게 되었는지 상상해 볼 수 있나요?

　물론 소설 속에는 김 첨지의 과거가 전혀 나오지 않아요. 하지만 일제 강점기에 관한 자료들을 찾아 읽어 보면 김 첨지의 가난이 당연하다는 것을 알 수 있을 거예요. 오히려 그 시대에 가난하게 살지 않았던 사람들은 어떻게 그럴 수 있었는지 그게 이상할 정도니까요.

　설렁탕 한 그릇, 죽 한 그릇을 위해 그토록 애썼던 김 첨지가 바로 여러분의 고조할아버지 혹은 증조할아버지는 아니었을까요?

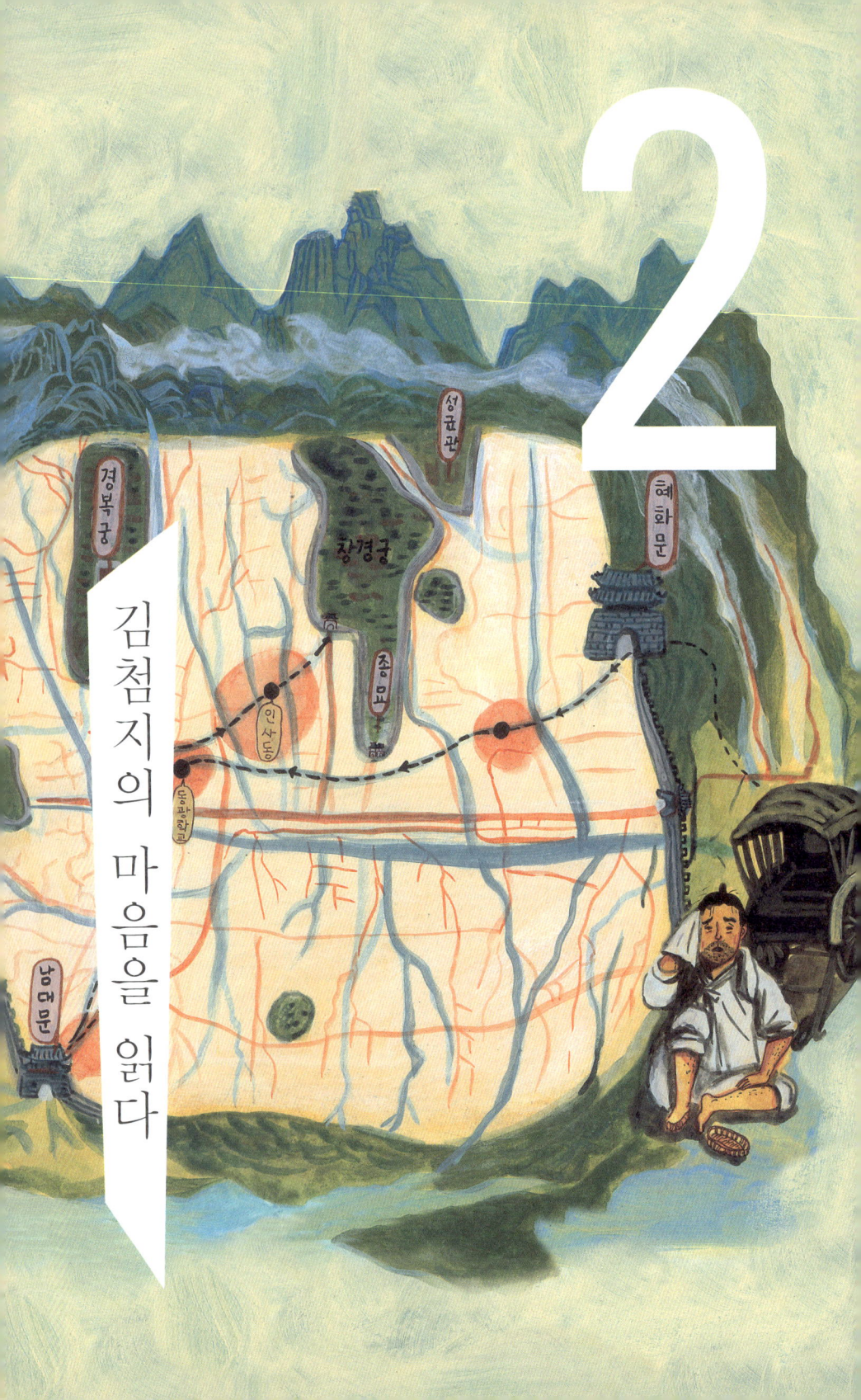

왜 '원수엣 돈', '육시를 할 돈'일까요?

"이 원수엣 돈! 이 육시를 할 돈!" 하면서 풀매질을 친다. 벽에 맞아 떨어진 돈은 다시 술 끓이는 양푼에 떨어지며 정당한 매를 맞는다는 듯이 쨍 하고 울었다.

김 첨지가 선술집에서 했던 말과 행동들에는 어떤 의미가 담겨 있는 걸까요? 심리학 전문가를 모시고 하나하나 알아보도록 하겠습니다.

김 첨지는 왜 벌지도 않은 삼십 원을 벌었다고 했을까요?

김 첨지가 허세를 부린다고 말할 수도 있을 겁니다. 하지만 김 첨지가 수치심을 느꼈다고 이해하면 어떨까요? 2원 90전이라는 돈은, 오래간만에 벌었다고 그토록 감동하기는 했으나 가난에서 벗어나기에는 어림도 없는 돈입니다. 그래서 삼십 원을 벌었다고 말함으로써 가슴에서 올라오는 수치심을 애써 덮고 싶었던 것이죠.

 김 첨지는 왜 그렇게 먹어 대며 돈을 썼을까요?

김 첨지는 자기 손에 들어온 돈이 희망을 만들 수 없다는 사실을 알고 있습니다. 그래서 번 돈의 3분의 1이 넘는 1원을 먹는 데 써 버리죠. 자포자기하듯 부어라 마셔라 한 겁니다. 희망이 있어야 돈을 벌고, 또 번 돈을 아끼고 모으는 건데, 김 첨지는 돈으로 꿈꿀 수 있는 희망이 없다고 생각한 것이죠.

 김 첨지는 왜 애꿎은 '중대가리'에게 야단을 치고, '여학생(마나님)'을 웃음거리로 만들었을까요?

종로에 가서 뺨 맞고 한강에 가서 눈 흘긴다고나 할까요? 자신이 돈이 없다고 무시하는 것 같아서 중대가리에게 화를 내기도 하고, 공연히 여학생(마나님) 이야기를 해서 사람들을 웃깁니다. 특히 여학생(마나님) 흉내를 내는 김 첨지에게서는 복잡한 마음을 읽을 수 있습니다. 가난한 자신을 무시하는 여자가 밉고, 그런데도 비굴하게 처신해야 하는 자신이 더 밉고, 그 여자와 대비되는 아내의 비참한 형편을 생각하면 심술이 나는 것이겠지요.

 그럼 김 첨지는 왜 돈을 벽에 던져 버렸을까요?

김 첨지는 "원수엣 돈, 육시를 할 돈"이라고 울부짖습니다. 왜냐하면 필요할 때 늘 없었던 돈이 원망스럽고, 그 돈이 없어 아내가 죽을지도 모른다는 생각이 김 첨지를 화나게 했기 때문이죠. "벽에 맞아 떨어진 돈은 정당한 매를 맞는다는 듯이 쨍 하고 울었다."라는 부분을 보면, 서술자 역시 김 첨지의 생각에 동의하고 있는 것 같습니다.

 치삼이 말처럼, 김 첨지가 진짜 미친 건 아닐까요?

당연하지. 그 돈만 있으면 내 마누라가 안 죽었다고!

김 첨지는 제정신으로 살기에는 너무 처참한 자기 처지 때문에 어떻게 해야 할지를 몰라서 미친 척하며 괴로워하고 있는 거예요. 모든 게 '돈'과 관련된 문제라고 말할 수 있겠네요.

김 첨지 얼굴에는
어떤 감정들이 담겨 있나요?

숨은 그림 찾듯이 김 첨지의 얼굴 표정이 품고 있는 감정들을 하나씩 들추어 볼까요?

〈운수 좋은 날〉이 영화였다면, 아마도 감독은 김 첨지의 얼굴을 여러 차례 화면 가득 잡았을 거예요. 이때 관객들은 김 첨지의 얼굴에서 어떤 감정들을 찾아낼까요?

아내의 뺨을 때리고 뒤돌아서는 김 첨지의 얼굴에서 후회나 미안함을 볼 겁니다. 땀과 빗물이 뒤범벅되어 가쁜 숨을 몰아쉬는 김 첨지의 얼굴에서는 괴로움이나 고통이 전해질 것이고요. 또 죽은 아내의 얼굴에 자신의 얼굴을 비벼 대며 "오늘은 운수가 좋더니만……" 하며 중얼거리는 김 첨지의 얼굴을 보며 김 첨지의 슬픔을 자기 일처럼 여기게 되겠죠.

김 첨지의 표정에 여러 감정들이 담기듯, 얼굴 표정은 많은 이야기를 전해 줘요. "네 얼굴에 다 써 있다."라는 말도 그래서 나온 것이죠. 얼굴 가운데 특히 눈은 '영혼의 창'이라고 불릴 정도로 사람들의 다양한 감정을 드러내요.

김 첨지가 "정류장에서 어정어정하며 내리는 사람 하나하나에게 거

뜻하지 않게 돈을 벌게 되자 빙글빙글 웃는 김 첨지

감격스럽다 기쁘다 들뜨다 날아갈 듯하다
만족하다 뭉클하다 벅차다 뿌듯하다
성취감을 느끼다 살맛나다 신나다 신바람 나다
설레다 유쾌하다 좋다 즐겁다 들뜨다
흐뭇하다 흡족하다 흥겹다

앓는 아내 생각에 안절부절못하는 김 첨지

간장이 타다 걱정스럽다 겁나다 꺼림칙하다
근심스럽다 두렵다 무섭다 마음 졸이다
마음에 걸리다 마음이 쓰이다 불안하다 불길하다
속 타다 심란하다 염려하다 조마조마하다
초조하다 피가 마르다 무섭다 찜찜하다

전차 타는 사람들을 노려보는 김 첨지

괘씸하다 노여워하다 밉다 반감을 갖다
분개하다 분노하다 분하다 불쾌하다
부아가 치밀다 비위 상하다 성나다
아니꼽다 야속하다 약 오르다 얄밉다 언짢다
원망하다 증오하다 화나다

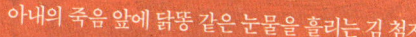

아내의 죽음 앞에 닭똥 같은 눈물을 흘리는 김 첨지

가슴 아프다 가엽다 미안하다 비참하다
뼈아프다 서글프다 서럽다 속상하다
쓰라리다 암울하다 애통하다 절망하다
참담하다 하늘이 캄캄하다 한스럽다
애간장을 저미다 슬프다

깊게 읽기 67

의 비는 듯한 눈결을 보낸"다든지, 김 첨지의 아내가 "유달리 크고 움푹한 눈에 애걸하는 빛을 띠며" 남편이 집에 있어 주기를 간청할 때, 이 두 경우 모두 상대방에 대한 간절한 기대가 눈빛에 담기게 되죠.

눈빛뿐 아니라 다른 표정도 마찬가지입니다. "그 여학생인지 뭔지가 한참은 매우 태깔을 빼며 입술을 꼭 다문 채 김 첨지를 거들떠보지도 않을" 때, 꼭 다문 여학생의 입술에서 김 첨지를 우습게 여기고 있다는 느낌을 읽을 수 있으니까요.

하지만 얼굴 표정만으로 상대방의 감정을 짐작하기란 쉽지 않아요. 왜냐하면 하나의 표정에도 여러 가지 감정이 담길 수 있기 때문이죠. 김 첨지의 얼굴 표정 역시 그 속내를 쉽게 알아차리기 어려워요. 처음에는 울상을 짓는 김 첨지의 얼굴에서 슬픔 한 가지만을 만나게 되지만, 김 첨지의 마음에 더 가까이 다가갈수록 그 슬픔은 한 가지 빛깔이 아니라는 것을 보게 되니까요. 슬픔도 괴로움, 막막함, 답답함, 서글픔, 서러움 등 얼마든지 다른 이름을 가질 수 있다는 것을 알게 된다는 말이에요.

김 첨지가 아내를 사랑하긴 한 것인가요?

세상을 살아가면서 한 번도 후회하지 않는 사람이 있을까? 아마 없을 것이다. 그러나 후회하는 일을 줄이면서 살아가는 것이 훌륭한 삶이다. 그러나 김 첨지는 그 진리를 모르는 것 같다. 김 첨지는 후회할 행동을 많이 하고 있다. 예를 들면, 아내에게 욕하는 장면이 있다. 몸도 가누기 힘든 아내에게 위로는 못 해 줄망정 심한 욕을 하다니!

김 첨지는 진정한 사랑의 의미를 몰랐던 것 같다. 사랑은 배부르고 여유 있을 때만 생기는 것이 아니라 어렵고 힘든 상황 속에서도 서로를 격려해 주고 위로해 주면서 피어날 수 있는 것인데, 그는 단지 돈을 벌어서 사랑을 찾으려 했다. 집에서는 아픈 아내가 죽어 가는데, 돈에 미쳐서 열심히 일을 하는 행동은 잘못된 것 같다.

또한 김 첨지가 아내를 대하는 태도가 잘못되었다. 아내가 아픈 게 아내 잘못도 아닌데 왜 그렇게 욕을 해 댈까? 평소에 아내에게 조금만 더 부드럽게 대했다면 후회할 일이 적었을 텐데…….

김 첨지가 아내를 잃고 개똥이와 단둘이 어떻게 살아갔을지 뒷이야기도 궁금하다.

― 김서현(창동중학교)

주인공 김 첨지는 아내의 아픔을 무시하고 자신이 벌어야 할 돈을 먼저 생각했던 것 같습니다. 중간중간에 아내를 걱정하는 장면이 나오긴 하지만, 그럼에도 불구하고 계속 돈을 벌러 다니는 모습은 요즘 현대인들처럼 물질만을 중시하는 태도입니다.

김 첨지는 설렁탕을 사 가지고 집으로 갔는데 이를 사랑의 표현이라고 볼 수도 있습니다. 하지만 집을 나서기 전에 설렁탕을 꼭 사 가지고 오겠다고 말해 주었다면 아내는 희망을 갖고 기다려서 남편이 올 때까지 죽지 않았을지도 모릅니다.

김 첨지는 단순하고 투박한 사람입니다. 그래서 아픈 아내에게 따뜻한 말 한마디 건네지 못하고, 오히려 욕을 하고 화를 내는 것이죠. 아내가 불쌍하다는 마음을 갖고 있었다는 것은 아무 변명거리가 되지 못합니다. 아내가 아플 때 위로해 주고, 조금이라도 마음의 부담을 덜어 줬어야 하는데, 김 첨지는 끝까지 그러지 못했습니다.

또 김 첨지는 상황에 따라 기분이 쉽게 바뀌고 매우 다혈질입니다. 돈이 생기자마자 술집에 가서 술을 퍼마시는 모습은 아무리 생각해도 한심하고 이해가 안 됩니다. 게다가 내키는 대로 막말을 내뱉고, 집에 돌아왔을 때도 드러누워 있느냐며 아내에게 화를 내는 것을 보면, 김 첨지의 나쁜 성격이 아내의 죽음을 재촉한 건 아닌가 하는 생각도 들었습니다.

- 김혜수(창동중학교)

소설을 찬찬히 읽다 보면 김 첨지의 행동이 아무래도 좀 지나치다고 느껴져요. 선술집 장면에서는 "김 첨지, 집에 안 가고 지금 뭐 하는 거예요? 아내가 그렇게 아픈데 혼자 두고……. 빨리 집으로 가세요." 하고 재촉이라도 하고 싶어집니다. 아무리 지독한 불행이 닥친다 해도 아내를 혼자서 외롭게 죽도록 내버려 둬서는 안 되는 거죠.

그리고 아내의 뺨을 때리는 건 있을 수 없는 일이에요. 툭하면 거친 말을 내뱉는 것도 천박한 버릇이죠. 김 첨지는 아내에게 걱정 말라고, 금방 돌아오겠다고 말했어야 해요. 그리고 돈을 벌자마자 설렁탕을 사 들고 얼른 집으로 달려가 죽어 가는 아내의 손이라도 따뜻하게 잡아 줬어야 해요.

그렇지만 한편으로는 김 첨지를 이해할 수도 있을 것 같아요.

김 첨지는 아마 살아오면서 한 번도 운수가 좋아 본 적이 없었을 거예요. 끼니도 제대로 때우지 못하는 사람에게 운수 좋을 일이 뭐가 있겠어요? 삶에 지칠 대로 지친 김 첨지는 이미 한 가닥의 행운도 믿지 못하는 사람이었던 모양이에요. 사람은 자신의 경험 속에서 앞으로 일어날 일들을 짐작할 수밖에 없을 테니까요. 그래서 잇달아 손님을 태워 돈을 벌게 되지만, 불행을 예감하는 것일 테죠.

평생 가장 슬픈 일을 예감하는 김 첨지는 혼자서 얼마나 두렵고 외로웠겠어요? 집으로 들어가 자신의 예감을 확인하기가 몹시도 두려웠을 김 첨지를 생각하면, 그의 행동을 이해할 수 있을 것 같기도 해요.

가난했다는 사실이 김 첨지의 잘못을 다 덮을 수는 없겠지만, 아내를 사랑하지 않았다면 김 첨지가 그토록 두려울 일이 대체 무엇이겠습니까?

김 첨지의 아내는 어떤 사람인가요?

먼저 아내에 대한 김 첨지의 태도와 행동이 드러난 부분들을 떠올려 보세요.

- 아내가 조밥을 먹고 병세가 더 심해지자 "조랑복은 할 수 없다"면서 앓는 이의 뺨을 때렸다.
- 아내가 설렁탕이 먹고 싶다고 조르자 못 사 주는 마음이 편하지는 않으면서도 야단을 쳤다.
- 병든 아내가 울 듯한 얼굴로 "오늘은 일을 나가지 말라"고 만류했지만, 그대로 뛰어나갔다.
- 아내가 죽었을 것 같아 불안했지만 그래도 끝까지 인력거를 몰았다.
- 아내가 죽었다고 생각하면서도 차마 집에 갈 용기가 없어 친구 치삼이와 술을 마셨다.
- 늦게야 설렁탕을 사 들고 집으로 들어가서는, 아내의 주검을 확인하고 절규했다.

이런 김 첨지의 태도와 행동을 아내의 입장에서 생각해 보면 참 억울할 것 같지 않나요?

그런데 이상한 것은 아내가 김 첨지를 원망하지 않는다는 점이에요. 심한 욕을 해도 체념한 듯 받아들이고, 대들거나 원망하지 않아요. "열흘이나 굶다가 조밥을 먹고 체했다고 아픈 사람의 뺨을 때리다니, 니가 인간이냐?" 이런 소리가 나올 법한데 그저 눈물만 어룽어룽 비칠 뿐이죠.

김 첨지의 아내는 사회적 약자일 뿐 아니라 가정에서도 약자예요. 그래서 학대를 운명으로 받아들이고 있는 건지도 모르죠. 그게 아니라면, 남편의 속마음을 어느 정도 이해했던 것으로 볼 수 있어요. 강한 척하지만 사실은 힘들어 하고 있는 남편의 마음, 겉으로는 윽박지르면서도 한편으론 불안해 하는 여린 마음을 가여워 했을 수도 있다는 것이죠.

그랬기 때문에 죽어 가면서도 남편과 같이 있고 싶어서, "오늘은 나

가지 말아 달라"고 말하는 겁니다. 그건 남편을 필요로 하고 있으며, 남편이 자신을 사랑한다고 믿었다는 증거예요. 하지만 남편은 아내의 애원을 외면해 버려요. 아내는 곧 포기하면서도 "그럼 일찍 들어오라"고 한 가닥 기대를 놓지 않습니다.

그렇게 김 첨지를 필요로 했던 아내는 얼마나 외롭게 죽어 갔을까요? 김 첨지가 옆에서 지켜봐 주기를, 그리고 손잡아 주기를 간절히 바랐는데…….

김 첨지는 고통스러운 삶을 살아가는 거친 사내예요. 그는 아내를 위로하기보다는 비난하고 구박하는 쪽을 택해요. 마음속으로는 자기의 비참한 삶이 아내 때문이라고 믿지도 않았으면서 말이죠.

아내의 죽음으로 인해 김 첨지는 자기의 비뚤어진 분노까지 고스란히 받아 주는 대상을 잃어버리게 되었어요. 이제 김 첨지는 아내를 위한 진짜 자기 마음을 만나게 되고, 아내가 없는 자기 삶이 얼마나 무의미한지 깨닫게 될 겁니다.

하루 동안 김 첨지의 마음은 어떻게 바뀌었나요?

김 첨지의 하루 여정을 한번 따라가 볼까요.

집 – 전찻길 – 정류장 – 동광학교 앞 – 남대문 정거장 – 인사동 – 창경궁 – 선술집 – 설렁탕 집 – 집

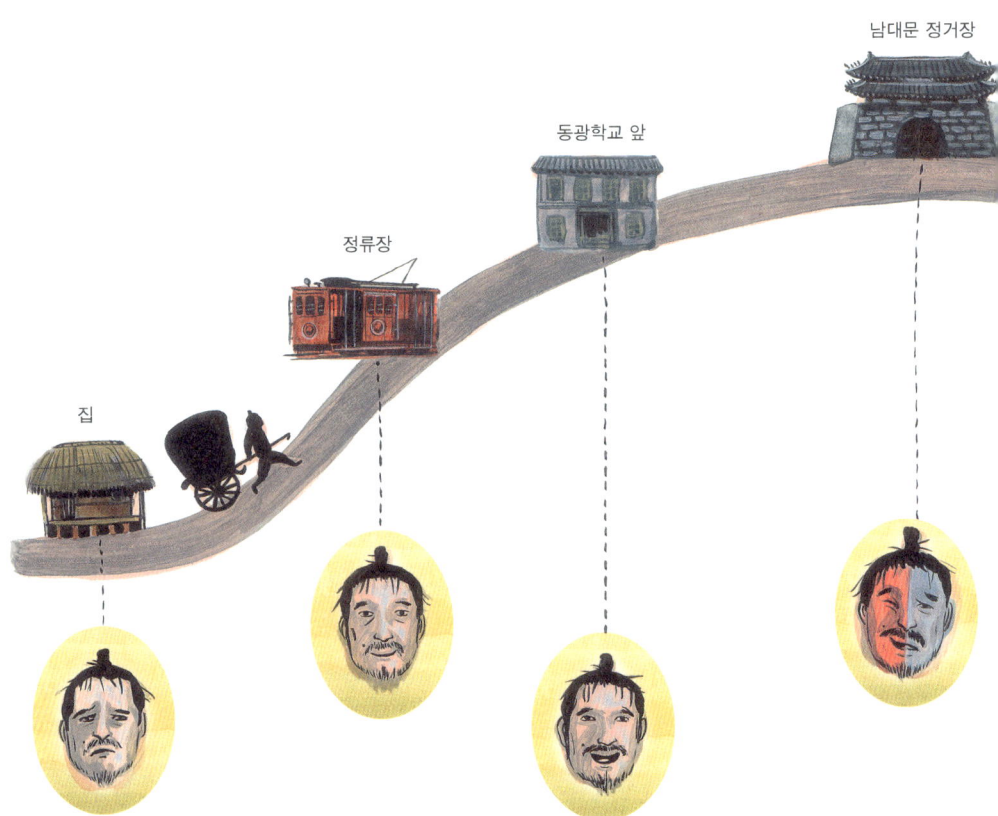

외면의 행운과 내면의 불안

〈운수 좋은 날〉은 인력거꾼인 김 첨지가 집에서 나와 다시 집으로 돌아가는 하루 동안의 이야기를 보여 줍니다. 김 첨지는 '집'에서 나와 다시 '집'으로 돌아가지만, 이는 돈을 벌러 나왔다가 들어가는 단순한 일과는 아니에요. 하루 동안의 사건을 들여다보면, 김 첨지가 돈을 버는 행운과 마음속의 무거운 불안감이 반복적으로 바뀌는 것을 알 수 있어요.

'손님을 태우는 장면 - 돈을 번 데서 오는 기쁨 - 갑자기 엄습하는 불안 - 불안을 잊기 위한 행동'이 그것이죠. 이렇게 본다면 이 작품의 축은 '외면의 행운과 내면의 불안'으로 파악할 수 있어요.

이런 긴장 관계는 점점 고조되다가 선술집 장면에서 폭발이 돼요.

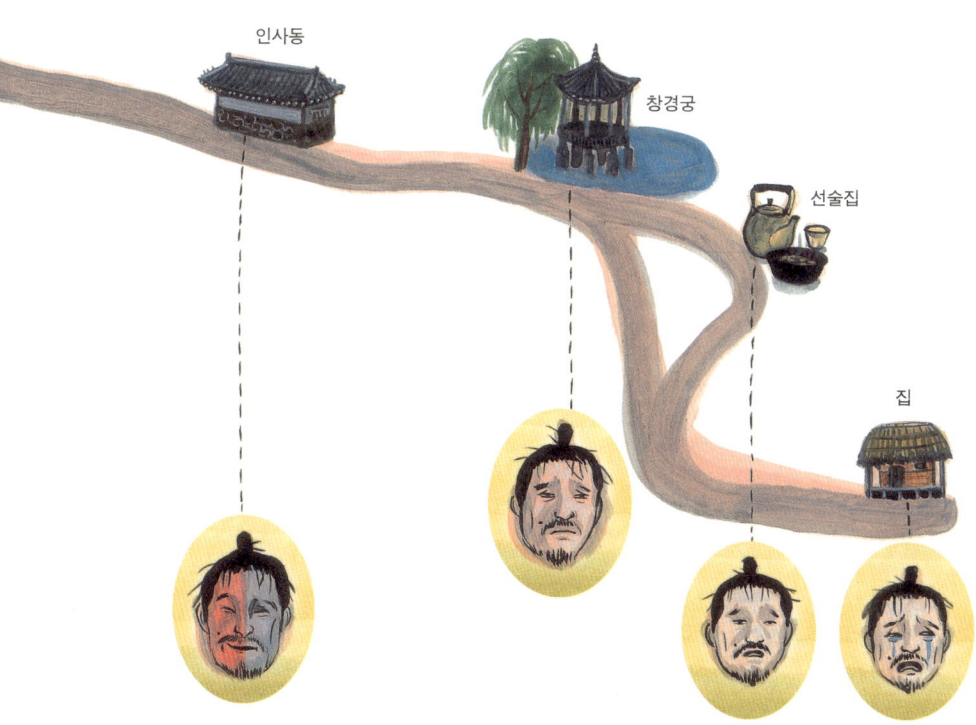

이는 아내에 대한 불안감이 견딜 수 없이 커졌기 때문이에요. 그 예감은 마침내 김 첨지가 집에 들어서는 부분에서 순간적인 공포로 절정에 이르고, 아내의 죽음이라는 결말에 이르죠. 우리가 이 결말을 예측할 수 있는 까닭은 김 첨지의 불안이 점점 커져 가는 것을 지켜보았기 때문입니다.

연속적인 작은 행운과 감당할 수 없는 큰 불행
이 소설은 김 첨지가 그날따라 운이 좋아 돈을 벌게 된 것, 김 첨지가 돈을 많이 벌어 왔음에도 불구하고 김 첨지의 아내가 아파서 죽고 마는 것으로 정리할 수도 있어요. 이는 '연속적인 작은 행운'과 '감당할 수 없는 큰 불행'이라는 틀로 설명할 수 있답니다.

그날 김 첨지는 열흘 만에 돈을 벌게 돼요. 게다가 손님이 내리자마자 다른 손님이 타니 그야말로 운이 좋은 날이죠. 김 첨지는 집으로 찾아온 마나님을 전찻길까지 태워 주고 정류장 앞에서 교원을 동광학교까지 태워 줘요. 뒤이어 남대문 정거장까지 가는 손님을 태우고, 남대문 정거장에서는 인사동까지 가는 손님을 태워요.

김 첨지는 손님이 타면 돈을 벌 수 있어서 기뻐해요. 그러나 돈을 번다는 기쁨도 잠시, 불안과 걱정으로 어두운 김 첨지의 표정이 보이나요? 인력거가 무거워지고 힘겹게 달려야만 잠시나마 김 첨지의 마음은 가벼워져요. 돈을 벌 수 있다는 사실, 아픈 아내가 있는 집에서 멀어진다는 사실 때문에 김 첨지의 불안이 잠시 사라지는 것이죠.

이런 과정을 되풀이한 후 김 첨지는 곧장 집으로 달려가지 않아요. 오히려 고생해서 번 돈을 선술집에서 흥청망청 써 버리죠. 돈을 많이 벌었고 일도 힘들었으니 잠시 쉬어 가는 것일까요? 그보다 김 첨지는 운이 좋아서 돈을 벌었지만, 하루의 벌이로는 자신의 인생이 달라지지 않는다는 것을 깨달았을 겁니다. 그래서 김 첨지는, 어쩌다 운이 좋았을 뿐 삶에 대한 희망은 자신과 거리가 멀고, 아픈 아내가 죽었을지도 모른다는 불안감 때문에 번 돈을 내동댕이쳐 버려요.

연이어 돈을 벌었던 연속적인 행운에도 불구하고, 김 첨지에게는 감당할 수 없는 큰 불행이 찾아와요. 김 첨지가 설렁탕을 사 가지고 집으로 돌아갔을 때 아내는 이미 죽어 있었어요. 아무리 김 첨지가 소리를 쳐도 아내는 깨어나지 않죠. 그토록 확인하기 싫었던 불행을 정면으로 만났을 때, 김 첨지의 처절한 절규만이 집 안에 울려 퍼집니다.

결국 김 첨지의 하루는 작은 행운이 다하고 감당할 수 없는 불행만 남는 하루였어요. 김 첨지가 운 좋게 하루 동안 돈을 번 것은 그동안 김 첨지가 겪은 극심한 가난을 강조하는 구실을 해요. 또 작은 행운 뒤에 감당할 수 없는 불행을 보여 준 것은 김 첨지의 가난이 하루의 행운으로 쉽게 해결될 수 없다는 현실을 고발하는 것이라 볼 수 있어요.

작품 속에 숨은 뜻을 찾다

김 첨지가 하는 욕은 무슨 뜻인가요?

욕설은 당시 하층민들의 삶을 사실적으로 보여 줄 뿐 아니라 김 첨지의 울분을 드러내는 장치이기도 해요.

> 재수가 옴 붙어서 근 열흘 동안 돈 구경도 못한 김 첨지는 십 전짜리 백동화 서 푼 또는 다섯 푼이 찰각 하고 손바닥에 떨어질 제 거의 눈물을 흘릴 만큼 기뻤었다.

'재수가 옴 붙어서'는 무슨 뜻일까요?
'옴'은 옴벌레가 몸에 붙어서 생기는 전염성 피부병을 일컫는 말이에요. 한번 걸리면 잘 낫지 않기 때문에, 좀처럼 쉽게 떨쳐 버릴 수 없는 나쁜 일을 비유할 때 '옴 붙었다'라는 말을 쓰곤 하지요. 그래서 '재수 옴 붙다'라고 하면 도무지 재수가 없다는 뜻이랍니다.

김 첨지는 아내에게 "이런 오라질 년!"이라고 해요. '오라'란 옛날에 도둑이나 죄인을 묶던 붉고 굵은 줄을 말해요. 그러니까 '오라질'은 '감옥살이를 할'이라는 뜻이 되지요. 특히 옛날에는 죄를 지어 감옥에 갇히게 되면 큰 고생을 해야 했기 때문에 이런 욕이 생겨난 것 같아요.

또 김 첨지는 아내가 오랜만에 본 조밥을 급하게 먹고 체한 것을 두고 "지랄병을 한다"고 했어요. 그런데 '지랄병'이 뭘까요? 지랄병은 '간질병'을 뜻해요. 간질병은 한번 발작이 일어나면 대체로 눈을 허옇게 뒤집으며 입에 거품을 물고 온몸에 경련을 일으키죠. 그래서 사람이 정신없이 날뛸 때 간질병의 발작 증세에 빗대어 '지랄한다'고 하는 거예요. 그러나 이 말의 바탕에는 간질 환자의 인격을 낮추어 평가하는 태도가 들어 있답니다.

김 첨지는 인력거를 끌다 말고 "젠장맞을 것" 하고 욕을 해요. 또 아내에게 "이 난장맞을 년" 하고 고함을 치죠. 이 두 말은 '난장'이라는 낱말에서 비롯되었어요. '난장(亂杖)'이란 매를 가지고 온몸을 닥치는 대로 마구 치는 형벌을 말하죠. 그러니까 '난장맞을'은 닥치는 대로 마구 맞는 것을 말하고, '젠장맞을'은 '제기, 난장을 맞을'이 줄어서 된 말이랍니다.

김 첨지가 비를 맞으며 한 욕이 더 있는데, '빌어먹을'과 '제 할미와 붙을'입니다. '빌어먹을'은 남의 밥을 빌어서 먹는다는 뜻이니까, '거지 같은' 혹은 '거지가 될'이라는 뜻이에요. 그리고 '제 할미와 붙을'에서 '붙다'라는 말은 '성관계를 갖다'라는 뜻을 가진 속어예요. 즉, '자기 할머니와 성관계를 맺을' 패륜아란 뜻이지요. 비슷한 말로는 '네미 붙을(네 어미와 붙을)'이나 '제미 붙을(제 어미와 붙을)'이 있답니다.

'육시를 할'에서 '육시'는 옛날의 끔찍한 형벌을 말해요. 육시에는 두 가지 종류가 있는데, '육시(戮屍)'와 '육시(六屍, 六弑)'가 그것이에요. '육시(戮屍)'는 죽은 사람의 목을 베는 것으로, 보통 죽은 다음에 죄가 밝혀져 시체를 무덤에서 파내어 토막을 내는 것을 말해요. 그리고 '육시(六屍, 六弒)'는 죄인의 팔다리와 머리를 각각 말이나 소에게 묶은 다음 말이나 소를 달리게 하여 머리, 몸통, 사지가 여섯 토막이 나게 하는 형벌이에요. 대역죄(국가와 사회의 질서를 어지럽히는 일을 저지른 죄. 왕권을 범하거나 임금이나 부모를 죽이는 따위를 말함.)를 저지른 사람에게나 내리는 그런 형벌을 당하라는 뜻이니 거의 저주에 가까운 말인 것이죠.

방 안에서 나는 '냄새'와 '소리'는 어떤 구실을 하나요?

김 첨지는 셋집에 삽니다. 그것도 집 전체를 세든 게 아니라 안과 뚝 떨어진 행랑방 한 칸을 빌려 쓰고 있어요. 김 첨지의 행랑방에는 하루 종일 개미 한 마리 얼씬하지 않죠. 세상으로부터 뚝 떨어진 섬과 같은 그 방에서 김 첨지의 아내는 죽어 가고 있어요.

 김 첨지는 자신에게 닥칠 무서운 불행을 예감이나 한 듯 집으로 돌아갈 시간을 늦추며 버르적거려요. 마치 "자기 집, 곧 불행을 향하고 달아나는 제 다리를 제 힘으로는 도저히 어찌할 수 없으니 누구든지 나를 좀 잡아 다고 구해 다고."라고 애원하는 듯합니다. 자신을 기다리는 집에서 김 첨지가 마주하게 될 것은 도대체 무엇이었을까요?

김 첨지는 방문을 왈칵 열었다. 구역을 나게 하는 추기-떨어진 삿자리 밑에서 올라온 먼지내, 빨지 않은 지저귀에서 나는 똥내와 오줌내, 가지각색 때가 켜켜이 앉은 옷내, 병인의 땀 썩은 내가 섞인 추기가 무딘 김 첨지의 코를 찔렀다.

우리는 오감 가운데 시각에 가장 많이 의존하고 있지만, 정작 강렬하게 기억되는 것은 후각이라고 해요. 이 소설에서는 김 첨지가 왈칵 방문을 여는 순간 코를 찌르는 지독한 냄새를 쫓아 방 안의 모습을 그려 내요. 방 안에서 가장 먼저 나는 냄새는 당연히 '구역을 나게 하는 추기'나 '병인의 땀 썩은 내가 섞인 추기'일 겁니다. 아내가 이미 죽었음을 알 수 있게 하는 냄새지요.

김 첨지의 방에는 아내와 개똥이 둘뿐이에요. 아내는 한 달 넘게 앓고 있었으니 제대로 씻지도 못했을 겁니다. 그녀는 죽기 전까지 떨어진 삿자리에 누운 채 앓고 있었겠죠. 삿자리 밑에서는 퀴퀴한 '먼지내'가 나요. '빨지 않은 기저귀에서 나는 똥내와 오줌내'나 '가지각색 때가 켜켜이 앉은 옷내'는 아내가 아들도 집안일도 살뜰히 돌보지 못할 만큼 아팠음을 말해 주죠.

이렇듯 산 이와 죽은 이가 뒤엉켜 있는 김 첨지의 집은 가난과 비극의 역한 냄새로 가득합니다.

"이런 오라질 년, 주야장천 누워만 있으면 제일이야. 남편이 와도 일어나지를 못해."라는 소리와 함께 발길로 누운 이의 다리를 몹시 찼다. 그러나 발길에 차이는 건 사람의 살이 아니고 나무 등걸과 같은 느낌이 있었다.

이때에 빡빡 소리가 응아 소리로 변하였다. 개똥이가 물었던 젖을 빼어 놓고 운다. 운대도 온 얼굴을 찡그려 붙여서 운다는 표정을 할 뿐이다. 응아 소리도 입에서 나는 게 아니고 마치 배 속에서 나는 듯하였다. 울다가 울다가 목도 잠겼고, 또 울 기운조차 시진한 것 같다.

아침까지만 해도 김 첨지의 집에서는 아내의 쿨룩거리는 기침 소리가 들렸어요. 일찍 들어오라며 목멘 소리로 당부하던 아내의 목소리도 있었고요. 아내의 걸그렁걸그렁거리는 숨소리며 개똥이의 엉엉 하고 우는 곡성에 딸국딸국 하고 숨 모으는 소리까지……. 단칸방이 온통 소리로 가득했어요.

그런데 김 첨지가 일을 마치고 집으로 돌아간 저녁, 김 첨지의 집에서는 아내의 쿨룩거리는 기침 소리도 걸그렁거리는 숨소리도 들리지 않아요. 다만 폭풍우가 지나간 뒤의 바다 같은 정적만이 감돌 뿐이죠. 아내의 소리들은 다 어디로 간 걸까요?

방에서는 "이 무덤 같은 침묵을 깨뜨리는, 아니 한층 더 침묵을 깊고도 불길하게 하는 빡빡 어린애의 젖 빠는 소리"만 날 뿐이에요. 꿀떡꿀떡 하고 젖 넘어가는 소리가 없으니 빈 젖을 빠는 소리죠. 김 첨지는 그 무시무시한 정적이 두려워 호통을 쳐 봅니다. 그래도 아내의 소리는 돌아오지 않아요. 단지 개똥이가 물었던 젖을 빼어 놓고 울기 시작하는 소리만이 들릴 뿐이죠. 빡빡 소리가 응아 소리로 변한 겁니다. 응아 소리도 입에서 나는 게 아니고 마치 배에서 나는 듯합니다.

이렇듯 산 이와 죽은 이가 뒤엉켜 있는 김 첨지의 집에는 온통 죽은 아내를 부르는 슬픔의 소리들만 가득합니다.

왜 제목이 '운수 좋은 날'인가요?

여러분은 이 소설의 제목인 '운수 좋은 날'을 보고 내용이 어떠하리라고 생각했나요? 기대도 하지 않던 일들이 술술 풀리는 억세게 재수 좋은 날을 떠올렸나요? 만약 이 소설의 제목을 보면서 뭔가 석연치 않은 느낌을 받았다면 여러분은 작가의 의도를 어느 정도 알아챈 셈입니다.

　이 소설은 김 첨지의 운수 좋은 어느 하루를 뒤쫓아요. 비가 와서 장사가 될까 싶었는데, 근 열흘 동안 구경조차 못하던 돈을 벌게 되죠. 그것도 아주 많이……. 김 첨지에게는 그 돈이 가난에서 벗어날 수 있는 희망인 동시에 아내에게 설렁탕을 사 줄 수 있는 귀한 것이에요. 하지만 결과는 어떻습니까? '운수 좋은 날'이라는 제목을 조롱이라도 하듯 김 첨지 아내의 죽음이라는 비극으로 끝이 나고 맙니다. 김 첨지에게 가장 운수 좋은 날이 가장 운수 사나운 날이 되고 만 것이죠.

　겉은 행운이지만 그 속을 들춰 보면 비극적인 이야기, 이것이 바로 '운수 좋은 날'이라는 제목이 가진 '아이러니'예요.

　그렇다면 작가는 왜 '아이러니'를 소설에 사용했을까요? 만약 이야기가 다음과 같이 달라졌다면 어땠을까요?

곁에 있어 달라는 아내의 부탁대로 김 첨지는 일도 나가지 않고 하루 종일 아내 곁을 지키고 있었다. 아내에게 먹일 미음을 끓이고 있는데 방 안에서 개똥이의 울음소리가 들렸다. 김 첨지는 머리맡으로 달려들어 그야말로 까치집 같은 환자의 머리를 꺼들어 흔들었지만 소용없었다. 문득 김 첨지는 미칠 듯이 제 얼굴을 죽은 이의 얼굴에 한데 비벼 대며 중얼거렸다.
"미음을 끓였는데 왜 먹지를 못하니, 왜 먹지를 못하니……. 괴상하게도 오늘은 일하러 나가기 싫더니만……."

또 이런 경우는 어떤가요?

오늘만은 나가지 말고 곁에 있어 달라는 아내의 부탁을 뿌리치고 김 첨지는 일을 나갔다. 아내의 약값이라도 벌어 볼 생각이었지만 일은 뜻대로 풀리지 않았다. 아내가 먹고 싶다던 설렁탕 한 그릇을 살 돈조차 벌지 못했다. 결국 김 첨지는 여느 때처럼 빈손으로 집에 돌아왔다. 그때 대문 밖까지 개똥이의 울음소리가 들려왔다. 김 첨지는 불안한 마음에 방문을 왈칵 열었다. 아내는 꼼짝도 하지 않고 누워 있었다. 김 첨지는 누워 있는 아내의 다리를 몹시 찼지만 발길에 차이는 건 사람의 살이 아니고 나뭇 등걸과 같은 느낌이었다. 아내의 몸은 이미 싸늘하게 굳어 있었다.

김 첨지가 아내를 병간호하다 끝내 아내의 죽음을 맞는 경우, 김 첨지가 돈 한 푼 벌지 못하고 여느 때처럼 집에 돌아왔다가 아내의 죽음을 맞는 경우, 마지막으로 김 첨지가 모처럼의 행운으로 많은 돈을 벌어 아내가 그토록 먹고 싶어 하던 설렁탕을 사 가지고 집에 왔지만 끝내 아내의 죽음을 맞는 경우. 이 세 가지 이야기 가운데 어떤 것이 김 첨지의 비극을 더 잘 드러내고 있나요? 물론 마지막 이야기가 가장 비극적으로 느껴집니다. 김 첨지의 행운이 갑자기 불운으로 바뀌는 순간 독자들도 깊은 절망에 빠지기 때문이죠. 이것이 '아이러니'가 가지는 힘입니다.

우리는 이 소설을 통해, 아무리 노력해도 또 운이 따른다 해도 쉽게 끊어 낼 수 없는 질기고 질긴 1920년대 도시 노동자의 가난을 만나게 됩니다. 하지만 그게 다일까요? 김 첨지의 절망과 슬픔이 고스란히 오늘날에도 유효한 까닭은 무엇일까요? 동서고금을 막론하고 자신이 뜻한 대로 노력한 대로 원하는 삶을 살았던 사람은 아무도 없어요. 삶은 그 자체로 모순 덩어리이며 참으로 아이러니하기 때문이죠.

제목의 아이러니 – 전영택의 〈화수분〉

화수분은 '재물이 계속 나오는 보물단지', 즉 '부'를 상징하죠. 그런데 화수분이라는 이름을 가진 주인공은 못 배운 데다 몹시 가난하여 부와는 동떨어진 인물이에요. 이 소설에서 가장 인상적인 장면은 추운 들판에서 화수분과 그의 아내가 어린 딸을 살리기 위해 꼭 안은 채 죽어 있는 결말 부분이에요. 이 장면을 통해 우리는 가난 속에서 약 한 첩 제대로 써 보지 못하고 죽어 간 김 첨지 아내를 떠올리게 되죠. 이처럼 〈운수 좋은 날〉과 〈화수분〉은 일제 강점기에 궁핍한 삶을 살았던 서민들의 비극을 아이러니한 제목으로 그려 내고 있답니다.

반어와 아이러니

표현의 효과를 높이려고 실제와 반대되는 뜻으로 하는 말을 '반어(反語)'라고 해요. 못난 사람을 보고 "잘났어."라고 한다거나 인색한 사람에게 "참 푸지게도 준다."라고 빈정대며 말하는 경우가 이에 해당하죠. 사전에서 '반어'를 찾아보면 '아이러니(irony)'와 비슷한 말이라고 나와 있어요.

- 아이러니하게도 화를 낼 사람은 웃고, 용서를 빌어야 할 사람은 화를 낸다.
- 암모니아의 대량 생산은 인류의 식량난을 해결한 매우 중요한 업적이지만, 아이러니하게도 이 방법은 제1차 세계 대전 때 폭탄을 만드는 데에도 사용되어 많은 이의 생명을 앗아 가기도 했다.

그런데 위 문장에서 '아이러니'를 '반어'로 바꾸면 뭔가 어색하다는 것을 알 수 있어요. 또 매번 잘난 척하는 친구에게 "그래, 너 잘났다. 잘났어."라고 했다면, 이 말을 '반어'라고 하지 '아이러니'라고는 하지 않아요. 이렇듯 사람들은 '아이러니'와 '반어'의 쓰임이 다르다고 여겨요.

사람들은 '반어'를 글자 그대로 해석하여 '반대로 비꼬아 하는 말'이라고 생각해요. 그리고 '아이러니'를 '예상외의 전개, 원하는 바와 그 결과 사이의 어긋남, 겉으로 드러난 것과 실제 사실 사이의 동떨어짐' 등 인생에서 일어나는 복잡다단한 문제들과 연결시켜 이해하죠. 하지만 이와 같은 사람들의 언어 습관과는 달리 사전이나 책, 논문 등에서는 '반어'와 '아이러니'를 같은 낱말로 쓰고 있어요.

• '아이러니'의 어원

고대 그리스 희극에는 자주 나오는 두 명의 전형적인 캐릭터가 있다. 한 사람은 건장한 체구에 허풍쟁이이며 사기꾼인 알라존(Alazon)이고, 다른 한 사람은 왜소하고 굼떠 보이지만 실은 교활하고 약삭빠른 에이런(Eiron)이다. 알라존은 잔뜩 허풍을 치며 에이런을 놀려 먹지만 결국 골탕을 먹고 마는 것은 언제나 알라존이다. 겉보기에는 왜소한 멍청이처럼 보이는 에이런이 결국엔 승리의 미소를 짓게 되는 것이다. 그래서 알라존이 또 새로운 음모를 꾸밀라치면 관객은 지레 웃음보를 터뜨릴 준비부터 한다. 겉을 보고 예상되는 것과는 달리 엉뚱한 결과가 나오리라는 것을 미리 느끼게 될 때 그리스인들은 '에이런스럽다'고 말했다. '아이러니'라는 말은 바로 '에이런'이란 캐릭터에서 나온 것이다.

하루 종일 내리는 비에는
어떤 의미가 숨어 있나요?

새침하게 흐린 품이 눈이 올 듯하더니,
눈은 아니 오고 얼다가 만 비가 추적추적 내리는 날이었다.

'운수 좋은 날'이라는 제목과는 잘 어울리지 않는 소설의 시작이에요. 얼다가 만 비가 내리는 것으로 볼 때 계절은 겨울 언저리이며, '새침하게'라는 말에서 알 수 있듯이 날씨는 푸근하지 못하고 조금 쌀쌀해요. 더욱이 눈이 올 날씨임에도 불구하고 예상 밖으로 비가 내리죠. 마치 김 첨지에게 닥칠 앞일이 그의 뜻대로 흘러가지 않을 것임을 일러 주는 듯하네요.

흐리고 비 오는 하늘은 어둠침침하게 벌써 황혼에 가까운 듯하다.

김 첨지가 질퍽한 땅을 달음질하며 돈을 버는 내내 비가 내려요. 온몸으로 인력거를 끌어야 하는 김 첨지에게 이런 진날은 몇 배로 더 고통스러울 겁니다. 김 첨지는 흐르는 빗물 때문에 어슬어슬 한기마저 느끼지만 돈을 벌었기 때문에 견딜 만해요. 하지만 그 기쁨도 잠시, 몸져누운 아내 걱정에 마음이 무겁습니다.
　흐리고 비 오는 하늘이 어둠침침하게 황혼에 가까워지듯이 김 첨지에게 닥칠 야속한 운명도 어느덧 그 비극의 끝에 다다른 듯합니다.

　　　　　굳은비는 의연히 추적추적 내린다.

소설의 시작에서 내리기 시작한 비는 소설의 끝에서도 의연하게 내려요. 김 첨지의 삶 또한 추적추적 내리는 빗속에서 축축하게 젖어듭니다. 그는 비를 피할 곳이 없기 때문에 내리는 비를 온몸으로 다 맞아야 했어요. 어디 김 첨지뿐이었겠어요? 1920년대를 살았던 도시 빈민들의 삶도 그러했을 겁니다. 반짝 갠 날보다는 굳은비가 추적추적 내리는 어둠침침한 날들이 더 많았을 거예요.

서술자의 태도는 어떠한가요?

독자들은 소설을 읽을 때 작품 속 인물들에게만 집중해요. 인물들의 말과 행동, 그들 사이에서 일어나는 사건들에만 관심을 갖기 마련이죠. 소설이 재미있을수록 독자들은 그 이야기가 우리에게 어떻게 전달되고 있는지는 생각하지 않아요.

하지만 소설에는 항상 '서술자'가 존재해요. 생각해 보면, 내가 어떤 사건을 직접 경험한 것이 아닌 이상 누군가가 소설에서 일어나는 일을 독자인 '나'에게 전달해 주는 것은 당연한 일이에요. 소설에 따라 독자들은 서술자의 존재를 명확하게 느낄 때도 있고, 서술자가 있는지 없는지 잘 느끼지 못할 때도 있어요. 또 서술자가 바로 작가라고 생각하기도 하고요.

내가 아는 두 사람이 싸운 일을 누가(사건 당사자들, 각 당사자들과 친한 사람, 두 사람을 모두 알고 있는 사람, 지나가다 우연히 사건을 지켜본 사람, 사건을 직접 보았지만 판단력이 모자란 어린아이 등) 나에게 이야기해 주느냐에 따라 내가 그 사건을 받아들이는 느낌과 생각이 많이 달라질 수 있어요. 소설에서도 마찬가지예요. 서술자가 이야기 속 인물들에 대해 어떤 태도로 어느 정도의 거리에서 이야기를 전달하는지에 따라 독자는 같은 이야기라 하더라도 달리 느끼고 생각하게 되는 것이죠.

그럼 〈운수 좋은 날〉에서 서술자는 주인공 김 첨지의 이야기를 어떻게 전달하고 있는지 살펴볼까요?

이날이야말로 동소문 안에서 인력거꾼 노릇을 하는 김 첨지에게는 오래간만에도 닥친 운수 좋은 날이었다.

소설의 두 번째 문장이에요. 소설 속 김 첨지가 '운수 좋은 날'이라고 말하는 게 아니라 서술자가 독자에게 직접 알려 주고 있네요.

그의 아내가 기침으로 쿨룩거리기는 벌써 달포가 넘었다. 조밥도 굶기를 먹다시피 하는 형편이니, 물론 약 한 첩 써 본 일이 없다.
구태여 쓰려면 못 쓸 바도 아니지만, 그는 병이란 놈에게 약을 주어 보내면 재미를 붙여서 자꾸 온다는 자기의 신조에 어디까지 충실하였다.

서술자는 소설 밖에서 김 첨지에 대해 관찰하면서 중간중간 사건을 요약해 주기도 하고, 사건을 나름대로 해석하고 설명하기도 해요.

깊게 읽기 95

그런데 이때 서술자의 태도가 냉정하고 객관적이지는 않아요. 다음 장면들을 한번 볼까요?

김 첨지는 앓는 이의 뺨을 한 번 후려갈겼다. 홉뜬 눈은 조금 바루어졌건만 이슬이 맺히었다. 김 첨지의 눈시울도 뜨끈뜨끈한 듯하였다.

"이런 오라질 년! 조밥도 못 먹는 년이 설렁탕은……. 또 처먹고 지랄병을 하게."
라고 야단을 쳐 보았건만, 못 사 주는 마음이 시원치는 않았다.

인제 설렁탕을 사 줄 수도 있다. 앓는 어미 곁에서 배고파 보채는 개똥이에게 죽을 사 줄 수도 있다. 팔십 전을 손에 쥔 김 첨지의 마음은 푼푼하였다.

이 대목을 읽다 보면 꼭 김 첨지가 직접 말하는 것 같아요. 김 첨지의 깊은 마음속 생각과 느낌을 서술자가 김 첨지를 대신해 말하고 있기 때문이죠. 그래서 서술자의 목소리는 김 첨지의 목소리와 잘 구분이 가지 않는 겁니다.

또 다음의 장면들을 읽어 보세요. 무슨 생각이 떠오르나요?

"남대문 정거장까지 말씀입니까?"

하고 김 첨지는 잠깐 주저하였다. 그는 이 우중에 우장도 없이 그 먼 곳을 철벅거리고 가기가 싫었음일까? 처음 것, 둘째 것으로 고만 만족하였음일까? 아니다, 결코 아니다. 이상하게도 꼬리를 맞물고 덤비는 이 행운 앞에 조금 겁이 났음이다.

이윽고 끄는 이의 다리는 무거워졌다. 자기 집 가까이 다다른 까닭이다. 새삼스러운 염려가 그의 가슴을 눌렀다.

한 걸음 두 걸음 집이 가까워 갈수록 그의 마음조차 괴상하게 누그러졌다. 그런데 이 누그러짐은 안심에서 오는 게 아니요, 자기를 덮친 무서운 불행을 빈틈없이 알게 될 때가 박두한 것을 두리는 마음에서 오는 것이다.

"거짓말은 왜, 참말로 죽었어, 참말로……. 마누라 시체를 집에 뻐들쳐 놓고 내가 술을 먹다니, 내가 죽일 놈이야, 죽일 놈이야." 하고 김 첨지는 엉엉 소리를 내어 운다.

주의 깊게 읽었다면 이쯤에서 우리는 불행한 결말을 쉽게 예감할 수 있을 거예요. 김 첨지가 집에 가면 뭔가 불행한 일이 틀림없이 일어날 거라는 생각을 하게 되죠. 김 첨지의 행운이 이미 깊은 절망을 준비하고 있음을 알아챌 수 있다는 말이에요.

왜 그랬을까요? 서술자는 왜 좀 더 시치미를 떼지 않았을까요? 제목도 '운수 좋은 날'인데 이에 맞게 김 첨지가 뜻밖에 많은 돈을 번 것과 그 기쁨을 강조하는 게 더 낫지 않았을까요? 그랬더라면 소설의 결말을 읽고 독자들은 큰 놀라움과 충격, 그리고 재미를 느낄 수 있었을 텐데……. 작가가 미숙했기 때문에 그런 걸까요?

작가는 김 첨지의 불행을 김 첨지 개인의 불행으로 생각하지 않았어요. 김 첨지의 가난은 이미 사회 구조에 의해 결정되어 있는 것이죠. 개인이 아무리 발버둥 쳐도 결코 극복될 수 없는 가난입니다. 김 첨지가 살고 있는 사회는 김 첨지에게 행운을 용납하지 않아요. 그렇기 때문에 김 첨지를 기다리고 있는 것은 비극일 수밖에 없는 겁니다.

다른 사람의 일이 결코 남의 일로 여겨지지 않을 때, 지금 내 처지와 비슷할 때, 언젠가 나도 겪을 수 있겠다 싶을 때, 우리는 좀처럼 냉정해질 수 없어요. 그리고 그 일을 겪은 사람보다 더 흥분하여 그

사람의 입장이 되어 버리죠.

〈운수 좋은 날〉의 서술자 역시 독자에게 이야기를 전달하면서 도저히 냉정해질 수 없었던 겁니다. 아픈 아내와 배고파 우는 개똥이를 두고 하루 종일 비를 맞으면서 인력거를 끌었던 김 첨지에게 닥친 불행이 너무나 가슴 아팠기 때문이죠. 벗어날 길이 없어 보이는 김 첨지의 가난과 불행을 남의 일로 느낄 수 없었을 겁니다. 서술자는 이런 상황을 모르는 척하면서 냉정하고 침착하게 우리에게 이야기를 전달할 수는 없었던 모양이에요.

서술자는 김 첨지가 느끼는 고통을 독자들도 함께하기를 바랐어요. 독자에게 갑작스런 놀라움이나 재미를 주는 대신 "봐라, 이게 김 첨지의 삶이다. 독자 당신도 예상했겠지만, 이게 바로 우리의 현실이다!"라고 울먹이듯이 말하고 있답니다.

사실 〈운수 좋은 날〉은 서술자의 역할이 뚜렷하거나 특별한 소설은 아니에요. 그래서 서술자가 작가와 뭐가 다른 건지 고개를 갸웃거릴 수도 있을 겁니다. 어쨌든 서술자가 어떤 태도로 독자에게 이야기를 건네는지 살펴보는 것은 소설을 재미있게 즐길 수 있는 좋은 방법이에요.

넓게 읽기

작품 밖 세상 들여다보기

시대

작가

작품

독자

작가 이야기
현진건의 생애와 작품 연보, 가상 인터뷰

시대 이야기
1920~1924년

엮어 읽기
인력거꾼의 삶을 다룬 소설

다시 읽기
김 첨지네 가족이 오늘날을 살아간다면?

독자 이야기
꼭짓점 독후감

작가 이야기
현진건의 생애와 작품 연보

1900(음력 8월 9일) 대구에서 우체국장인 아버지 현경운과 어머니 이정효 사이에서 넷째 아들로 태어남.

1910(11세) 어머니가 세상을 떠남.

1913(14세) 서울에 올라가 일본어와 산술을 배움.

1915(16세) 대구에서 경주 부호인 이 진사의 딸 이순득(18세)과 결혼하여 도쿄 세이조 중학교로 유학을 감.

1918(19세) 일본에서 귀국하여 이상화 등과 함께 동인지 《거화(巨火)》를 펴냄.
상하이로 유학을 가서 독일어를 전공함.

1920(21세) 첫 소설 〈희생화〉를 발표함.

1921(22세) 조선일보사에 입사함.
단편 〈빈처〉, 〈술 권하는 사회〉를 발표함.

1922(23세) '동명사(1923년 시대일보로 바뀜)'에 입사함.
첫 창작집 《타락자》를 발표함. 《백조》 동인으로 활동하며 박종화, 나도향, 박영희 등과 친분을 맺음.

1923(24세) 수필 〈이러쿵저러쿵〉을 통해 자신의 문학적 입장을 밝힘.
단편 〈할머니의 죽음〉을 발표함.

1924(25세) 단편 〈운수 좋은 날〉을 발표함.

1925(26세) 단편 〈불〉, 〈B사감과 러브레터〉를 발표함.
《시대일보》 사회부장이 되었으나, 경제난으로 《시대일보》가 폐간되자 동아일보사에 입사함.

1926(27세)		단편 〈사립 정신병원장〉을 발표함. 단편집 《조선의 얼골》을 출간함.
1928(29세)		《동아일보》 사회부장이 됨.
1931(32세)		단편 〈서투른 도적〉, 〈연애의 청산〉을 발표함.
1933(34세)		장편 〈적도〉를 《동아일보》에 연재하기 시작함.
1934(35세)		〈적도〉 연재를 마침.
1936(37세)		'일장기 말살 사건'으로 《동아일보》가 무기 정간을 당하고, 현진건은 6개월 동안 감옥 생활을 하게 됨.
1937(38세)		기자직에서 물러나 세검정 근처(부암동 325-2호)에 조그만 집을 짓고 닭을 기르기 시작함.
1938(39세)		역사 소설 〈무영탑〉을 《동아일보》에 연재하기 시작함.
1939(40세)		〈무영탑〉 연재를 마침. 〈흑치상지〉를 《동아일보》에 연재하기 시작함.
1940(41세)		〈흑치상지〉의 내용이 문제가 되어 연재가 강제 중단됨. 단편집 《조선의 얼골》이 금서 처분을 당함. 부암동 집을 팔고 제기동의 조그만 초가집으로 이사함.
1941(42세)		장편 〈선화 공주〉를 《춘추》에 연재하다 미완성으로 끝남.
1943(44세)		셋째 딸이 최남선의 주례로 월탄 박종화의 아들과 결혼함. 4월 25일 장결핵으로 세상을 떠남. "죽거든 화장을 하라."라는 유언에 따라 유골을 화장하여 과천 선영에 묻힘.

가상 인터뷰 • 게임 속에서 현진건을 만나다

소설가 현진건에 대해 조사해 오라는 국어 숙제 때문에 책상에 앉아 머리카락을 쥐어뜯고 있는데, 언니 방에서 "으악!" 하는 비명 소리가 들렸다. 나는 언니 방으로 후다닥 달려갔다.

"왜? 무슨 일인데?"

"여기 이거, 모니터 좀 봐. 대박이다, 대박. 이거 누구 같니?"

"어, 엄마랑 비슷하게 생겼네."

"그치? 친구한테 얻은 인터뷰 게임인데 진짜 재밌어. 시작하기 전에 등장인물을 설정할 수 있어. 프로필, 성격, 가족 사항 같은 걸 넣으면 돼."

....

(밤은 아닌데 흐린 날씨 때문인지 화면이 무척 어두웠다. 나는 택시 운전기사가 되어 운전을 하고 있다. 중년의 남자가 길가에 서서 두리번거리고 있다. 나를 향해 손을 번쩍 든다.)

어, 안 안녕하세요? 어디로 모실까요?

제기동으로 갑시다. 작년에 이사를 왔소. 그전에는 신설동에 살았고, 또 그전에는 부암동에 살았고, 또 그전에는 예서 가까운 종로 관훈동에서도 살았지요.

아까 광화문 동아일보사 앞에서 타셨는데, 혹시 기자십니까?

예전엔……. 손기정 선수의 일장기 말소 사건을 아시오? 내가 《동아일보》 사회부장으로 있을 때 있었던 일이지요. 그 일로 한동안 감옥에도 있었소.

선생님의 첫 작품은 무엇입니까?

음, 〈희생화〉입니다. "소설도 아니고 독백도 아닌 산문"이라는 혹평을 받았지만 인정할 수밖에 없었지요. 내가 읽어 봐도 미숙한 점이 많았으니까. 청춘 남녀의 사랑을 방해하는 케케묵은 관습을 비판하고 싶었는데…….

사람들이 〈빈처〉, 〈술 권하는 사회〉, 〈타락자〉 이렇게 초기 세 편을 선생님의 자전적 소설이라 하던데요. 그런가요?

모든 소설엔 어느 정도 작가의 경험이 들어갈 수밖에 없겠지요. 세 편 중에서는 〈빈처〉가 내 생활과 가장 비슷하지 않을까 싶소. 나머지 두 편에서도 구식 아내와 지식인 남편의 갈등이 그려지다 보니 자전적 소설이라는 이야기들을 하는 게 아닐까 싶소. 세 작품은 모두 가정을 배경으로 지식인 남편과 아내 사이의 갈등을 다루고 있지요. 이 작품들에 나타나는 돈, 가난의 문제, 연애, 그리고 아이러니한 상황에 대한 내 관심은 이후로도 계속된다오.

그럼 선생님이 생각하시는 대표작은 무엇입니까?

그건 참 대답하기 어려운 질문이오. 글쎄 모르겠군요. 당신은 어찌 생각하시오? 어떤 작품이 대표작이라 할 만하던가요?

그냥 이건 어디까지나 제 생각인데요, 제가 사는 형편이 어렵다 보니 아무래도 비슷한 처지에 있는 사람들 이야기가 끌리더라고요. 〈운수 좋은 날〉을 읽고 마음이 무척 아팠어요. 제 이야기 같았거든요. 지금이야 제가 택시를 몰아 그럭저럭 살고 있지만, 처음 경성에 올라와서는 죽도록 고생을 했어요.

그런데 〈운수 좋은 날〉이나 〈고향〉, 〈신문지와 철창〉, 〈서투른 도적〉 등을 보면, 도시 하층민의 삶을 다루고 있는데요. 선생님은 외국에서 공부도 많이 하셨고, 또 신문 기자도 하셨는데 어떻게 그런 사람들이 나오는 소설을 쓰게 되셨나요?

나도 처음엔 나와 비슷한 인물들이 나오는 소설을 썼지요. 그러다가 차츰 세상 보는 눈이 넓어졌소. 기자 노릇 하면서 세상 사람들이 사는 이야기를 많이 듣게 되었고, 자연스레 주변 사람들이 사는 모습을 자세히 들여다보게 되었지요. 그러다 보니 전에는 보이지 않던 사람들이 보이기 시작한 거라오.

선생님, 이제 곧 제기동에 닿겠군요. 얼른 궁금한 것 마저 묻도록 하지요. 몇 년 전에 신문에 역사 소설 〈무영탑〉을 연재해서 큰 인기를 얻으셨지요? 〈무영탑〉은 어떤 이야기입니까? 그 후로도 계속 역사 소설에 관심을 많이 가지신 것 같은데 특별한 이유라도 있으십니까?

특별한 이유가 어디 있겠소? 하고 싶은 이야기를 마음껏 하고 싶을 뿐이오. 원래 석가탑에 얽힌 전설에 나오는 주인공은 당나라 석공과 그의 누이동생인데, 그걸 내가 좀 바꾸었지요. 당나라 사람이 아닌 백제의 아사달로, 그리고 남매가 아닌 부부로. 그게 훨씬 그럴듯하지 않소? 아사달과 아사녀의 비극적인 사랑 이야기 속에 신라 사회의 정치, 종교, 사회의 여러 모습을 생생하게 그려 보고 싶었소. 그런 모습들이 오늘날의 모습과 무관하지만은 않을 것 같았거든. 어떤 사람들은 역사 소설의 주인공은 위대한 영웅이어야 한다고 생각하더군요. 난 그렇게 생각하지 않소. 우리가 살아가는 지금, 삶의 주인공들이 누구일까요? 바로 당신처럼 먹고살기 위해 열심히 일하는 사람들, 혹은 나처럼 세상을 향해 뭔가 외쳐 보려는 가난한 예술

가들, 그들이 아니라면 누가 주인공이겠소? 신라 때도 마찬가지였을 거라고 생각했소. 그래서 보잘것없는 백제의 석수장이 아사달을 주인공으로 삼았지.

그렇지요. 누가 뭐래도 우리가 세상의 주인공이지요. 그렇게 말씀해 주시니 정말 기분이 좋습니다. 이제 정말 댁에 가까이 왔군요. 오늘 선생님을 모실 수 있어서 정말 영광이었습니다.

아직 쓰고 싶은 이야기들은 많지만 요즘엔 글 한 줄 쓰기가 어렵다오. 하고 싶은 이야기를 마음껏 할 수 있는 세상이 된다면 얼마나 좋겠소. 오늘 정말 즐거웠소.

(택시는 제기동 허름한 골목 앞에서 멈추었다. 더 모셔다 드리고 싶었지만, 더 이상 택시가 들어갈 수 없었다. 손을 한 번 흔들어 주시고는 골목길로 들어가신다. 그리고 화면이 멈춘다. 화면에는 'GAME OVER'가 깜박거린다.)

────────────────────

현진건 작가는 1943년 4월에 장결핵으로 생을 마감했다. 몇 해만 더 살아서 해방을 보았더라면 얼마나 기뻐하셨을까? 나는 멈춘 화면에서 눈을 뗄 수 없었다.

현진건은 김동인, 염상섭과 함께 단편소설의 형식과 미학의 기초를 세운 작가로 평가받는다. 난 그런 건 잘 모르겠다. 다만 그의 작품이 세월을 뛰어넘어 여전히 감동적이라는 것, 그것은 현진건이 1920~1930년대를 온몸으로 살아가던 사람들의 삶을 진솔하게 바라보려고 애썼기 때문이라는 것을 알게 되었다.

시대 이야기 # 1920~1924년

인력거꾼 복장 통일

경성 시내에 있는 인력거꾼들의 복장이 제각각이고 또한 지저분하기 이를 데 없어서 인력거꾼들의 복색을 통일하기로 하였다. 이달 30일에 경찰서에서 각 인력거꾼들에게 복장 통일에 대한 건을 명령하여 시행하게 될 것이다.
복색은 일본인 인력거꾼들이 입은 것과 동일하게 하고 모자는 학생 모자와 같은 모자를 쓰게 하며 발에는 짚신이나 고무다비(고무로 바닥을 하고 질긴 천을 덧대 만든 양말 같은 신발)를 신게 하기로 하였다. 인력거꾼들은 명령받은 날부터 반드시 복색을 준비하여 입도록 해야 한다.

인력거를 끌다가 생활고에 시달리다 세상 떠나

한 인력거꾼이 소나무 가지에 목을 매고 세상을 떠났다. 그는 인력거를 끌어서 근근이 가족의 생계를 유지하였다. 그러나 수년 전부터 인력거 타는 사람이 줄어들면서 생활이 어려워져 빚만 점점 늘게 되었다. 그러다가 채권자가 빚을 갚으라고 독촉하는 바람에 할 수 없이 인력거를 팔아서 빚을 갚았다. 그러고 나니 도저히 생계를 이어가기 어려웠다.
어제는 양식이 떨어져서 밥도 지어 먹지 못했다고 한다. 어린아이들이 밥을 달라고 야단을 했지만 밥을 지어 줄 도리가 없어서 아무 말 없이 그대로 집을 나가서 목을 매달았던 것이다.

역사신문 1900년 ○월 ○일

조선 물산을 팔고 사자

물산 장려 운동이 일어난 이후로 사치하는 풍속은 매우 줄어들었다. 그 전에는 외국 비단으로 옷을 해 입는 것으로 자랑거리를 삼았으나 이제는 길거리를 다녀도 그런 사람이 없게 되었다. 가정의 부인네들도 돈이 덜 드는 명주나 옥양목이나 광목 같은 검소하고도 깨끗한 것을 좋아하고 비단옷을 입는 것은 모양을 팔고 웃음을 파는 화류계 여자들이 할 일이라 생각하게 된 것은 참 기쁜 일이다.

일본인들이 점령한 경성

구한말부터 일본인들이 모여 살았던 남산 기슭뿐 아니라 부근의 진고개, 본정, 명치정 등도 대부분 일본 사람들 손에 넘어간 형편이다. 그리고 우리나라 사람들이 운영하는 상가가 밀집해 있는 종로에까지 일본 상점이 들어서고 있다. 주택가도 서울 동쪽을 비롯하여 북쪽까지도 일본인에게 넘어가고 있는 실정이다. 그래서 조선인의 상권이 크게 줄어든 것은 물론, 집을 잃고 도시 변두리에서 토막을 짓고 사는 사람들이 점점 늘어나고 있는 실정이다.

신분 차별 철폐, 형평 운동 전개

형평 운동은 전국의 백정들 80여 명으로 시작된 운동으로, 백정들도 다른 사람들과 평등한 대우를 받아야 한다는 뜻을 펴기 위해 시작되었다. 백정의 자식은 일반 사람들이 다니는 학교도 못 다니게 배척하는 현실에서 형평 운동은 커다란 반향을 일으키고 있다.
많은 진보 단체들은 대체로 형평 운동에 찬성하는 입장이다. 그러나 형평 운동의 지도자들을 구타하는 일 등 반형평 운동을 일으키는 사람들도 만만치 않다.

엮어 읽기

인력거꾼의 삶을 다룬 소설

현진건의 〈동정(同情)〉(1926)

현진건의 소설 〈동정〉에도 인력거꾼이 등장해요. 그리고 눈이 오다가 비가 와서 춥고 미끄러운 날이 배경이에요. 소설에서 '나'는 팔십 전을 주기로 하고 모처럼 인력거를 타게 됩니다.

> 길이 좁으며 허방도 많고 돌멩이도 많은데 게다가 빙판이라 차체가 이리 비틀 저리 비틀 흔들리는 건 물론이려니와, 차부의 발이 질척질척 미끄러질 때가 많았다. 날은 차건만, 끄는 이의 목덜미에는 땀이 구슬같이 맺혔다. 학교를 다 가자, 헐떡거리는 차부 앞에는 또 언덕배기가 닥쳤다.

'나'는 안쓰러움을 느껴 내려 달라고 하지만 인력거꾼은 듣지 않고 그저 인력거만 몰다가 결국 내리막길에서 넘어져 유일한 생계 수단인 인력거가 다 망가지죠. 인력거꾼은 눈물을 흘리며 동정을 구해요. 그러나 '나'는 "원래 내려 달라고 하지 않았느냐"면서 1원만 주고 재빨리 자리를 뜹니다. 사람은 가엾지만 동정을 하게 되면 돈이 들기 때문이죠. 몇 걸음도 옮기지 않아 '나'는 자신의 위선적인 태도를 스스로 해부해 보며 우울해집니다.

주요섭의 〈인력거꾼〉(1925)

〈인력거꾼〉에는 '아찡'이라는 인력거꾼이 나와요. 그날따라 꿈자리가 사나워서 은근히 걱정을 하던 아찡은 알 수 없는 병에 걸려 넘어지게 되죠. 구호 병원에 가지만 의사를 만나지 못하고, 낯선 사람에게 예수를 믿으면 천당 가서 살게 된다는 말을 들어요. 그는 천당에 인력거꾼이 없다는 말을 듣고, 돈 많은 사람들은 천당에 가서도 고생하지 않는다고 생각하여 우울해집니다. 또 어느 점쟁이에게 가서 "전생 죗값으로 고생하지만 앞으로는 잘살게 된다."라는 말을 들어요.

그러나 그는 갑자기 고꾸라져 사경을 헤매면서 8년 동안의 인력거꾼 생활을 떠올립니다.

> 애스톨 하우스 호텔에서 어떤 서양 신사를 태우고, 오 리도 더 되는 올림픽극장까지 가서 동전 열 푼을 받아 들고 너무나 억울해서 동전 두 푼만 더 달라고 빌다가 발길에 채던 생각이 났다. 또 언젠가는 한번 밤이 새로 두 시나 되었다. 대동여사에서 술이 잔뜩 취해 나오는 꺼우리(조선 사람) 신사 세 사람을 다른 동무들과 함께 한 사람씩 태우고 불란서 조계 보강리까지 십 리나 되는 길을 끌고 가서, 셋이서 도합 십 전짜리 은전 한 푼을 받고 너무도 기가 막혀서 더 내라고 야단치다가 그 신사들에게 단장으로 얻어맞고 머리가 터져서 급한 김에 인력거도 내버리고 도망질쳐 달아나던 광경이 다시 생각났다. 그리고 또다시 언젠가 한번 손님을 태우고 정안사로 가다가 소리도 없이 뒤로 달려온 자동차에게 떠밀리어서 인력거를 부수고 다리까지 뻔 위에 자동차 운전

사의 발길에 채고, 인도인 순사에게 몽둥이로 매 맞던 일도 새삼스럽게 다시 생각이 났다.

그는 결국 좋은 세상을 보지 못하고 그날 밤 죽게 돼요. 다음은 그를 검시한 순사부장과 의사의 대화입니다.

순사부장은 알았다는 듯이 고개를 끄덕끄덕하더니 안에서 검시하고 나오는 의사를 향해 웃으면서 영어로 이렇게 말했다.
"무얼요, 저 죽을 때가 다 돼서 죽었군요. 팔 년 동안이나 인력거를 끌었다니깐요. 남보다 한 일 년 일찍 죽은 셈이지만, 지난번 공보국 조사에 보면 인력거 끌기 시작한 지 구 년 만에는 모두 죽는다고 하지 않았습니까?"
의사는 고개를 끄덕거리면서,
"흐흥! 팔 년에서 십 년, 그저 그 이내지요. 매일 과도한 달음질 때문으로……."

작가는 주인공이 죽은 다음에도, 자신의 미래가 어떻게 될지 생각지도 못하고 거리를 뛰고 있는 다른 인력거꾼의 모습을 보여 주며 안타까움을 느끼게 하고 있습니다.

라오서의 〈낙타 샹즈〉(1936)

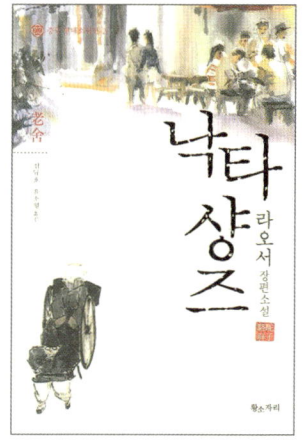

이 소설의 배경은 중국 북평(베이징, 북경)이에요. 성실하고 근면하고 건장한 인력거꾼 샹즈는 가진 것도 없고 배운 것도 없으며, 세상물정에 어두운 막일꾼이죠. 하지만 자신의 인력거를 끌기 위해 악착같이 돈을 모으죠. 당시 인력거 값이 100원이었으니까, 이 돈을 모으려면 먹고 마실 것조차 아끼면서 하루 10전을 남겨서 1000일 동안 모으면 된다는 계산이 나오네요. 돈 모으기가 쉽지 않았지만, 샹즈는 3년 동안 돈을 모읍니다. 하루 1원 정도를 벌어서 밥벌이를 하고, 담배도 피우지 않고, 술도 마시지 않고, 도박도 하지 않고, 취미 생활도 없고 식구도 없이 이를 악물고 하루에 10전씩 모았죠.(사실 10전은 차 한 잔 값밖에 안 돼요.)

그러나 샹즈는 힘들여 장만한 인력거를 전쟁 통에 군인에게 빼앗겨요. 그는 군인들이 퇴각할 때 끌고 온 낙타 때문에 '낙타 샹즈'라는 별명을 얻게 됩니다. 그리고 이어지는 불운. 다시 시작해 보겠다고 이를 악물고 모은 돈을 다시 빼앗긴 겁니다. 거기다 사랑하지도 않은 여인과 원하지 않는 결혼을 하게 되는데, 아내는 출산을 하다가 아이와 함께 죽어 버려요. 사랑하는 여인은 몸을 팔다 목을 매어 죽고요. 이제 그는 희망을 잃고 자포자기하게 되죠.

이틀을 잔 뒤 그는 인력거를 끌고 나왔다. 마음이 텅 비었다. 더 이상 아무것도 생각하지 않고, 아무런 희망도 갖지 않으리라. 그저 배를 채우기 위해 일을 하고, 배가 부르면 잠을 자리라. 생각을 해서 뭐하고, 희망은 또 무슨 소용이 있겠는가? (중략)

사람들은 자신을 짐승에서 끌어올렸다. 그러나 여전히 자신과 같은 부류를 짐승으로 내몰고 있다. 샹즈는 문화의 도시 북평에 살고 있지만 다시 짐승이 되고 말았다.

이 이야기는 실화를 바탕으로 했어요. 작가는 너무나 성실했던 한 인력거꾼이 희망을 잃고 비참한 현실 앞에서 타락해 가는 과정을 통해 하층민의 비애와 사회 문제를 보여 주고 있답니다. 그가 끝내 사회에 발붙이고 살아갈 수 없게 된 것은 개인의 불행인 동시에 사회의 문제이기 때문이죠.

다시 읽기

김 첨지네 가족이
오늘날을 살아간다면?

 김 첨지는 일제 강점기인 1920년대를 살았던 도시 빈민 가운데 한 사람이에요. 그는 아내와 어린 자식을 먹여 살리기 위해 아침부터 저녁까지 뼈 빠지게 인력거를 끌었죠. 배운 것도 가진 것도 없는 그가 할 수 있는 거라고는 고된 육체노동뿐이었으니까요. 그가 바란 것은 단지 가족들이 아프지 않고 배곯지 않고 사는 것이었어요. 하지만 그는 가난한 현실 때문에 약 한번 제대로 써 보지도 못한 채 아내를 잃어야 했습니다.
 만약 김 첨지가 오늘날에 살게 된다면 그의 삶은 어떻게 달라질까요? 그는 가난의 굴레에서 벗어날 수 있을까요?
 오늘날에는 김 첨지와 같은 도시 빈민들을 돕기 위한 사회 안전망이란 게 있어요. '사회 안전망'이란 개인이 직업을 갖지 못하고 사회 무기력층이 되는 것을 막기 위해, 정부가 개인에게 최소한의 생계를 유지할 수 있도록 일자리를 제공하거나 생계비를 보조해 주는 제도예요. 즉, 모든 국민을 노령, 질병, 실업, 산업 재해, 빈곤 등의 사회적 위험으로부터 보호하기 위한 제도적 장치를 뜻하죠.
 우리나라에서는 1997년 말 외환 위기와 금융 위기를 계기로 실업자 수가 크게 늘어나면서 사회 안전망을 갖춰야 한다는 논의가 시작되었어요. 현재 우리 사회에서 사회 안전망은 4대 사회 보험(국

민연금, 건강 보험, 고용 보험, 산재 보험)과 공공 부조(기초 생활 보장, 의료 보호) 및 사회 복지 서비스(노인 복지, 아동 복지, 장애인 복지, 가정 복지), 긴급 복지 지원 제도 등을 모두 포함하는 의미로 사용됩니다.

그렇다면 김 첨지네 가족이 오늘날을 살아간다면 사회 안전망으로부터 어떤 도움을 받을 수 있을까요?

김 첨지가 제대로 된 회사에 취업을 했다면 4대 사회 보험의 혜택을 받을 수 있어요. 매월 일정 금액씩 국민연금을 납입했다면 김 첨지는 늙었을 때 매월 국가로부터 약간의 생활비를 받을 수 있어요. 또 김 첨지가 건강 보험료를 낼 형편이 되었다면 건강 보험 제도 덕택에 병원 진료도 싸게 받을 수 있어요.

김 첨지가 회사를 그만두어 실업 상태라면 일정 기간 동안 매월 실업 급여를 받을 수도 있고, 재취업을 위한 훈련도 받을 수 있어요. 이는 고용 보험의 덕택이죠. 그리고 김 첨지가 일을 하다가 다쳤다면 산재 보험의 도움을 받을 수도 있어요.

김 첨지가 회사에 취직하지 못했다 하더라도 역시 살길은 있어요. 2012년 기준으로 3인 가족의 최저 생계비인 121만 8873원보다 수

입이 적다면, '기초 생활 보장 제도'에 의해 국가로부터 약간의 생계비를 지원받을 수 있어요. 개똥이가 커서 학교에 들어간다면 국가로부터 학비를 지원받을 수 있고, 교육청으로부터 급식비도 지원받을 수 있어요. 또 운이 좋으면 김 첨지처럼 생활이 어려운 사람들을 대상으로 하는 영구 임대 주택에서 살 수도 있어요. 또한 생활이 어려운 김 첨지에게 정부는 어린이집이나 유치원 보육료를 지원해 주었을 겁니다. 개똥이는 아픈 엄마 대신 24시간 돌보아 주는 보육 시설의 돌봄을 받을 수 있었겠죠.

김 첨지 아내도 그렇게 일찍 세상을 뜨지 않았을 수도 있어요. 김 첨지가 기초 생활 수급자였다면 국가에서 시행하는 의료 급여(보호) 제도 덕분에 무료로 진료를 받을 수 있었을 테니까요. 또한 김 첨지의 아내가 병원 치료를 통해 몸이 나아졌다면, 생활이 어려운 사람들에게 제공해 주는 공공 근로를 통해 돈을 벌 수도 있어요.

이렇듯 김 첨지 가족이 오늘날을 산다면 더 이상 가난과 싸우지 않아도 되었을지 모릅니다.

그런데 정말 그럴까요?

앞에서 말한 것과는 달리, 김 첨지가 사회 안전망의 사각지대에서 고통을 받았을지도 모릅니다. 오늘날을 사는 일일 노동자, 노숙인, 쪽방촌 사람들, 철거민, 외국인 노동자 같은 사람들처럼 말이죠.

소외 계층 겨울나기 – '참' 잔인한 계절

연탄, 전기장판도 사치 … "전기료 무서워 못 써요"
노숙자들 "우리도 추위에 덜덜 떨리는 '똑같은' 사람"

서울시 용산구 동자동 '쪽방촌'의 1000여 가구가 이번 겨울을 나려고 가진 것은 얇은 전기장판과 해질 대로 해진 외투뿐이다.

이들 중 홀로 사는 노인, 장애인 등 기초 생활 수급 대상인 700여 명은 올 겨울도 40만 5000원의 수급비로 버텨야 한다. 쪽방 값 15만~20만 원을 내고 남는 돈으로 겨울을 나기란 말 그대로 버티기 수준이다.

사람 하나가 간신히 누울 수 있을까 말까 한 반 평 남짓의 작은 방 안은 냉기만 가득했다. 연탄보일러와 전기장판이 있었지만 그 마저도 초겨울의 추위에는 사치였다.

동자동을 찾았던 11월 중순, 본격적인 겨울이 시작되지도 않았지만 주민들은 집 안에서도 두꺼운 겨울 외투를 입고 목도리를 두르고 있었다. 예년보다 기온이 뚝 떨어져 뼛속까지 스며드는 추위도 추위였지만 나름대로 이유가 있었다.

작년 12월부터 쪽방촌에 살기 시작했다는 백승호(가명, 53세) 씨는 수십 년간 한 막일 탓에 기온이 떨어지자 허리가 또 욱신욱신 쑤신다. 백 씨는 "뜨거운 방에서 지지면 나을 텐데 전기료가 무서워 한 번도 뜨끈하게 전기장판을 켜 본 적이 없다"며 쓸쓸히 웃었다.

황운식(78세) 할아버지 방에는 그나마 연탄보일러도 들어오지 않고

전기장판조차 없다. 기온이 영하로 떨어져도 할아버지가 할 수 있는 방한 준비는 낡은 담요를 겹겹이 더 까는 것뿐이다. 쪽방촌에서 15년째 살고 있는 황 할아버지는 "추위라면 아주 지긋지긋하다"며 "겨울이 오면 김장 김치나 반찬을 많이 주는데, 담요 같은 것을 나눠 주면 더 고맙다"고 말했다.

이웃 송(41세, 여) 씨는 "할아버지가 점심은 무료 급식으로, 저녁은 천 원짜리 김밥으로 해결하고 계시기 때문에 김치보단 전기장판이나 담요가 더 필요하다"고 거들었다.

쪽방촌 사람들의 인권을 위해 활동하는 '동자동 사랑방' 엄병천 대표는 "연탄보일러, 전기장판처럼 기본적인 난방 시설조차 전혀 설치되지 않는 가구가 70퍼센트에 이른다"고 전했다. 그는 "동자동의 노령자 대부분이 한두 가지 만성 질환을 앓고 있는 신종플루 고위험군이지만 신종플루가 무엇인지도 모른다"며 안타까워했다.

서울 왕십리 뉴타운 제1구역 세입자인 고선중(43세) 씨 가족은 올해 겨울을 공동 임시 숙소에서 보내야 한다. 공동 임시 숙소 주변은 이미 90퍼센트 이상 철거돼 을씨년스러웠다. 발걸음마다 깨진 유리들이 밟히고 눈에는 세입자들의 이전을 독촉하는 내용의 빨간 글씨들과 겨울바람에 휘날리는 부직포 가름막들만 남아 있다.

사람이 살 수 없을 것 같은 이 동네에는 고 씨를 포함한 열일곱 가구가 남아 주거 이전비와 임대 아파트 분양권을 요구하고 있다. 고 씨가 임시 숙소에 머물게 된 것은 집에 지난 8월 15일에 불이 나 살림살이며 가전 도구가 다 타 버렸기 때문이다.

세입자 이은정(41세, 여) 씨는 "고 씨네 집을 시작으로 여덟 번이나 그렇게 불이 났다"고 전했다. 이 씨는 "대부분 사람 한 명 정도의 크기만 태우고 꺼졌다"며 "누군가가 불을 지른 방화"라고 확신하고 있었다.

고 씨네 가족은 퀵서비스 일을 하며 큰 부자는 아니어도 3000만 원에 열 평짜리 전셋집에서 단란한 보금자리를 꾸리고 살았다. 소박했던 고 씨의 삶은 2007년 8월 왕십리 지역에 뉴타운 사업 시행 허가가 떨어지면서 달라지기 시작했다. 다른 지역으로 이사 가고 싶은 마음도 숱하게 들었지만, 주거 이주비 1300만 원으로 이사할 수 있는 곳은 없었다. 뉴타운 개발 소식에 인근 지역의 전세금은 최소 1억 원으로 올랐다.

나머지 열여섯 세대도 두렵고 답답한 심정은 마찬가지다. 이지연(33세, 여) 씨는 "작년 겨울에는 100세대가 있었는데, 지난겨울이 지나고 봄이 되자 대부분 떠났다"며 "겨울은 약자에게 참 잔인한 계절"이라고 말했다. 이 씨는 "철거 용역들이 지난여름엔 수도부터 끊었으니, 겨울엔 보일러부터 건드릴 것"이라며 "여섯 살 난 아들에게 가장 미안하다"고 말했다.

20일 서울역 앞, 빈 몸으로 겨울을 맞아야 하는 노숙자들이 추위를 견디고 있다.

서울역 안에서 만난 박성호(가명, 62세) 씨는 "우리가 노숙자여서 밖에서 지내는 게 익숙해 보이겠지만 우리도 겨울이면 덜덜 떨리는 사람"이라고 말했다. 박 씨는 서울역 대합실이 문을 닫는 새벽 한 시까지는 역 안에서 추위를 피하지만, 새벽부터는 역 밖의 지하보도 등에서 '깡'으로 추위에 맞서고 있다. 서울역 광장의 '노숙인 다시 서기 센터' 등에서 나눠 주는 뜨거운 물병이 유일한 난방 기구다. 이렇게 겨울밤을 보내는 노숙자가 서울역 주변에만 300여 명에 달한다.

—《연합뉴스》, 2009. 11. 24.

독자 이야기

꼭짓점 독후감

학생들의 독후감은 대체로 줄거리 요약에 느낀 점 서너 줄이 전부이거나, 교과서와 참고서에 있는 정답을 앵무새처럼 따라하는 경우가 많습니다.

독후감은 스스로 책을 읽고 그 느낌을 글로 쓰는 것이지, '단순 요약'이나 '정답 쓰기'가 되어서는 안 됩니다.

읽은 책에 대해 스스로 느낀 점을 찾고 그것을 주제로 한 편의 글을 쓸 수 있어야 합니다. 작품이나 자신의 경험 또는 다른 사람의 글 등에서 근거를 찾아 자신의 생각을 보충하면 더욱 좋습니다.

아래 '꼭짓점 독후감 쓰기'의 방법에 따라 독후감을 써 봅시다.

1. 〈운수 좋은 날〉에서 관심과 흥미를 끈 부분, 의문을 가지게 하는 부분 또는 중요하다고 생각되는 것 가운데 '세 개'를 고른다. 단어, 문장, 사건 등 어느 것이어도 관계없다.

2. 고른 세 개를 삼각형의 세 꼭짓점에 올려놓고 각각을 관련지어 자신의 생각을 서술한다.

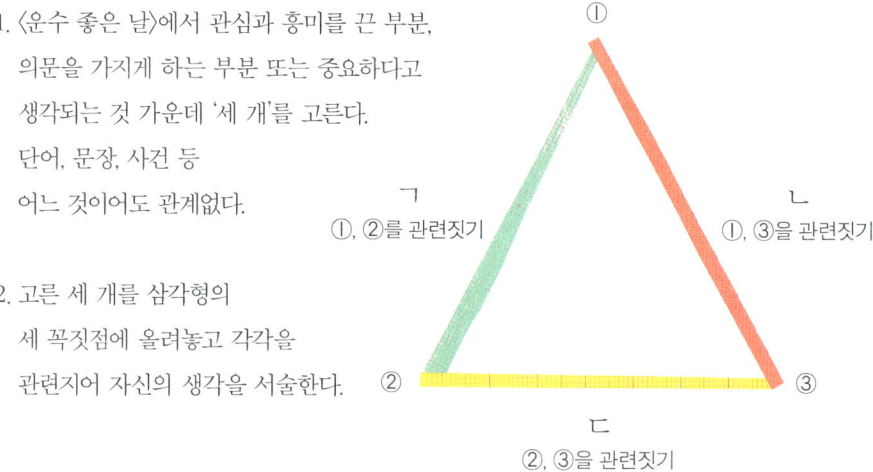

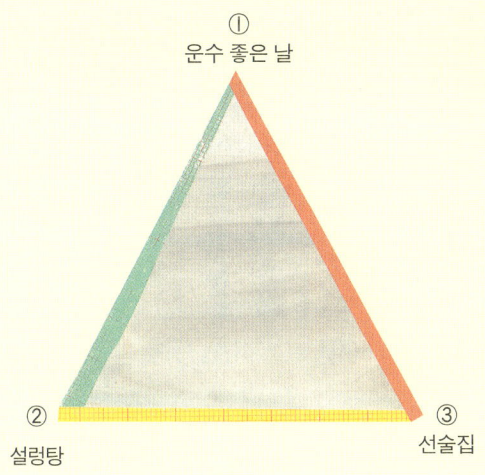

> '운수 좋은 날'과
> '설렁탕' 관련짓기

정말로 그날이 김 첨지에게 운수 좋은 날이었을까? 비가 내려 궂은 날씨였지만 그것이 오히려 김 첨지에게 행운을 안겨 준다.

손님을 내려 주면 또 다른 손님을 태우게 되는 행운, 이런 상황이야말로 김 첨지가 생각하는 '운수 좋은 날'이었을까?

소설 중간중간 드러나는 아내에 대한 김 첨지의 걱정은 '운수 좋은 날'이라는 제목과는 자꾸만 멀어지는 느낌이 들었다. 특히 오늘만은 일을 가지 말라는 아내의 간절한 요청을 물리친 김 첨지는 하루 종일 아내에 대한 걱정으로 찜찜하기만 하다.

결국 운수 좋았던 하루는 "설렁탕을 사다 놓았는데 왜 먹지를 못하니, 왜 먹지를 못하니……. 괴상하게도 오늘은 운수가 좋더니만……."이라는 절규로 끝이 난다.

이 마지막 절규로 나는 이해하게 되었다. 그렇다. 작자가 말하는

> **ㄴ**
> '운수 좋은 날'과
> '선술집' 관련짓기

'운수 좋은 날'은 가장 불행한 날에 대한 반어적 표현이었던 것이다. 김 첨지가 선술집에서 넋두리하는 장면도 매우 인상 깊다. 맨 처음 그 장면을 읽었을 때는 이해가 되지 않았다. 그런데 두세 번 읽다 보니 이해가 되었다.

김 첨지는 그날이 운수 좋은 날이 아니라는 것을 알고 있는 것 같았다.

선술집에서의 김 첨지는 아내가 죽을 수도 있다는 사실을 부정하고 싶은 듯했다. 사실 그는 아침에 아내를 뿌리치고 집을 나올 때부터 아내가 곧 죽을 거라는 걸 예상했는지도 모른다. 그래서 술집에서도 치삼이에게 아내가 죽었다는 농담 아닌 농담을 한 것 같다. 아내 앞에서는 누구보다도 센 척하지만 실제로는 누구보다 아내를 걱정하는 약한 모습의 김 첨지가 불쌍하고 안쓰럽다.

> **ㄷ**
> '설렁탕'과
> '선술집' 관련짓기

이 소설을 읽고 무엇보다 마음에 깊이 남는 것은 김 첨지의 아내 사랑이다. 김 첨지는 많은 돈을 벌고 기분이 좋아져서 아내가 아픈데도 선술집에서 술을 마구 마시고 안주를 마구 시켜 먹기도 하지만, 그래도 설렁탕을 사 들고 집으로 들어간다.

나는 김 첨지가 설렁탕을 용케 기억해 내는 장면에서 가슴이 찡했다. 비록 평소에 아내에게 욕도 많이 하고 때리기도 했지만, 김 첨지는 아내를 사랑했을 거라는 생각이 들었다. 겉으로 잘 드러나지는 않지만 그 마음이 느껴진다.

ㄱ, ㄴ, ㄷ을 통해
〈운수 좋은 날〉에 대한
자신의 생각 찾기

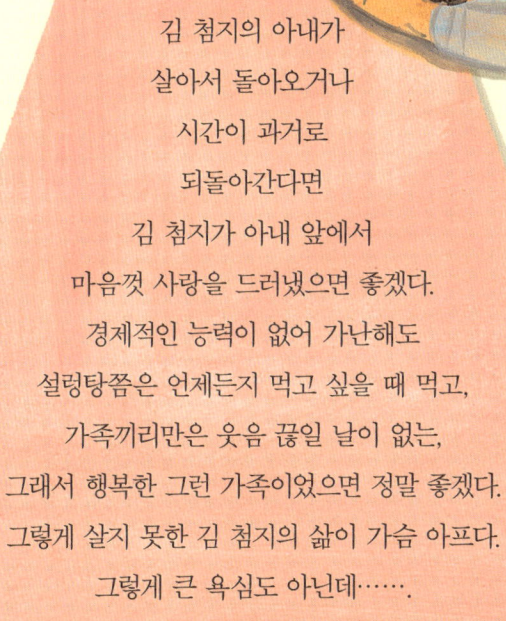

김 첨지의 아내가
살아서 돌아오거나
시간이 과거로
되돌아간다면
김 첨지가 아내 앞에서
마음껏 사랑을 드러냈으면 좋겠다.
경제적인 능력이 없어 가난해도
설렁탕쯤은 언제든지 먹고 싶을 때 먹고,
가족끼리만은 웃음 끊일 날이 없는,
그래서 행복한 그런 가족이었으면 정말 좋겠다.
그렇게 살지 못한 김 첨지의 삶이 가슴 아프다.
그렇게 큰 욕심도 아닌데…….

• 김서현(창동중학교)

참고 문헌

도서

이이화, 《한국사 이야기 22 - 빼앗긴 들에 부는 근대화 바람》, 한길사, 2004.
신명직, 《모던뽀이, 경성을 거닐다》, 현실문화연구, 2003.
강준만, 《한국 근대사 산책 7권》, 인물과사상사, 2008.
권보드래, 《연애의 시대》, 현실문화연구, 2003.
임동권, 《한국의 민속》, 세종대왕기념사업회, 1999.
한국고문서학회, 《조선시대 생활사 2》, 역사비평사, 2000.
이기백, 《한국사신론》, 일조각, 1999.
심산, 《한국형 시나리오 쓰기》, 해냄, 2004.
최병택·예지숙, 《경성리포트》, 시공사, 2009.
정운현, 《서울시내 일제유산답사기》, 한울, 1995.

연구 논문

강만길, 〈일제시대의 도시빈민생활 - 토막민을 중심으로〉, 1986.
곽효문, 〈일제 강점기 빈곤정책 형성의 재조명〉, 2007.
현길언, 〈가난에 대한 소설적 인식 - 현진건의 경우〉, 1986.
윤병노, 〈빙허 현진건의 생애와 비평〉, 1986.
태유현, 〈소설의 화자 지도 연구〉, 숙명여대, 2002.
강은아, 〈현진건 단편소설의 거리 연구〉, 목포대, 2008.
강민진, 〈현진건 단편소설의 서술자 연구〉, 한남대, 2008.

선생님과 함께 읽는 **운수 좋은 날**

1판 1쇄 발행일 2010년 7월 17일
개정판 1쇄 발행일 2012년 7월 9일
개정판 11쇄 발행일 2025년 9월 1일

지은이 전국국어교사모임

발행인 김학원
발행처 (주)휴머니스트출판그룹
출판등록 제313-2007-000007호(2007년 1월 5일)
주소 (03991) 서울시 마포구 동교로23길 76(연남동)
전화 02-335-4422 **팩스** 02-334-3427
저자·독자 서비스 humanist@humanistbooks.com
홈페이지 www.humanistbooks.com
유튜브 youtube.com/user/humanistma
인스타그램 @humanist_insta

편집책임 문성환 **편집** 윤무재 **디자인** 김태형 반짝반짝 **일러스트** 민은정
용지 화인페이퍼 **인쇄** 청아디앤피 **제본** 민성사

ⓒ 전국국어교사모임, 2012

ISBN 978-89-5862-512-4 44810

- 이 책은 저작권법에 따라 보호받는 저작물이므로 무단 전재와 무단 복제를 금합니다.
- 이 책의 전부 또는 일부를 이용하려면 반드시 저자와 (주)휴머니스트출판그룹의 동의를 받아야 합니다.